前行的青春

Youth is
the
first sting of life

曾高飞 著

作家出版社

曾高飞

　　湖南祁东人，毕业于长沙理工大学中文系。曾在人民日报社，法治日报社任职多年，现为中国传记文学学会会员、湖南省作家协会会员、北京大学客座教授、长沙理工大学硕士生导师，资深媒体人、策划人、新媒体运营专家、著名财经作家、小说家、散文家、影视编剧，共发表文学、新闻和财经作品6000多篇，著有散文集《每个人的故乡，都在流浪》《似水流年，家乡味道》《每个人的成长，都有迹可循》（与钟勇合著），系列长篇小说"前行的人生"三部曲《挣扎的成长》《青春花开》《浴火重生》、"北京三部曲"《北京边缘》《北京圈子》《北京饭局》，及长篇小说《生如夏花》《黎明前·战》《前行的青春》《小镇青年》《九尾狐》《红尘欲望》《窥浴》，小说集《感情通缉令》等，财经作品高飞锐思想丛书之《决胜话语权》《产经风云》《争夺话语权》《元宇宙掘金秘密》等，独立或参与编剧多部电影、电视剧本。

　　信奉"躺着思考，坐着写作，站着做人，跑着逐梦"，坚持"左手财经，右手文学，用作品说话"。

谨以此文纪念逝去的青春

献礼大学母校建校七十周年

叩问青春

成松柳

高飞又发来了一部长篇《前行的青春》，书已经定稿，作家出版社即将出版，因而他又一次索序。依据写序前的老习惯，我认真地读了两遍，感觉又被青春撞了一下腰。作为一个从教近四十年的高校教师，被青春撞腰并不奇怪，因为时不时就有可能发生。之所以一辈子喜欢教书这个事情，从教时间如此长而又很少出现职业倦怠感，最重要的原因恐怕就是成天与青年相伴，与青春相拥。的确，每每行走于校园之中，遇见一张张迎面而过的青春脸，心情的愉悦可想而知。但这次阅读带来的撞腰感受似乎有些特别，冷不丁，自己好像也有一点叩问青春的冲动。

《前行的青春》是高飞特意向母校七十周年校庆献礼而创作的小说，揭示了长沙某大学一群男女生的学习、生活和情感世界，真实地展现了这群"00后"从幼稚走向成熟、从争执走向和解、从推诿走向担当的心路历程。这是高飞熟悉的生活，因而写起来如行云流水。记得高飞准备重返文学创作后来长沙，我们聊到如何创作，我建议他写熟悉的地方，写脚下的土地，写亲历过记忆深刻的既往生活。这样的文字才是实在的，能够呈现出文字的质感，读者读起来，也会更加身临其境。在生活中，我们常常匆忙地被动或是主动四处奔走，为一些不值得挂念的事情揪心、纠缠、焦虑，直至"内卷"，但内心真正的情感却往往似尘埃一样吹往远方。亲情、师生、故土、母校，这些真正值得珍藏和珍视的东西，却经常被忽略，变得无关紧要。高飞的写作不是这样，这些年，他的创作总是直面生活的真实，不回避，不虚饰，因而也具有相当的力量。每每读到他的文字，都会让我想起这些最重要的事情，我的心灵似乎也更加丰盈了。

是书，是关于青春的书，讲述的是我们熟悉的大学校园的青春故事。我曾经在《教授是大学的灵魂》一文中写道：好的大学一定是有故事的大学，有老师的故事（包括八卦），有校园的记忆，更多的则是一代代学生的故事、青春的故事。这个好大学的特征，在人工智能突飞猛进的今天可能会更加明显。我推测，可能今后相当长时间内，大学，如果没有故事可讲的IP，很难真正吸引学生。因为人工智能越是可以替代人类的理性分析，市场就越需要具有感性、同理心、共情心的人；越是可以规制性地取代人类的常规工作，社会就越需要具有创造性、颠覆性的人去推动新的科技进步与社会发展。因此，对于大学来说，各式各样无法复制、引人入胜的青春故事，永远是吸引一茬茬学子报考的最好引流。

还是回到书的本身，《前行的青春》，青春是什么？答案可能五花八门，我姑且也沿着作品故事的路径，叩问一下？

青春最迷人的应该是爱，爱是青春的别名。固然，爱是人类普遍的情感，人生每个阶段的爱都值得珍视。但青春的爱最为可贵，因为它肆意生长，常常是泛滥的，也是可以泛滥的。"一片芳心千万绪，人间没个安排处。"万千芳心，铺天盖地，人世间都无法安放，这就是青春的情感。正因为如此，小说用了极大的篇幅来写大学生爱之青春。贺怡与多年资助自己学业的丧偶单身企业家方向以及他儿子方明之间的情感纠葛；陆贵与肖小燕照片风波的歪打正着；仇晓梅不幸染上新冠后与曾枭回肠荡气的线上婚礼，这些年轻人的爱情，迷离、鲁莽而又带着青春的气息。这就是青春的相遇：遇对了就是爱情，遇错了则是青春。爱情就是需要试错的，青春就是必须张扬的。

青春象征着无数可能性和希望。小说中主人公仇晓梅与小孩仇拾的故事是高飞虚构的，目的是让故事更有张力，更突出青春的爱意、活力与烦恼。但是，大学校园中类似如此爱的、善的故事却比比皆是，在我的教学生涯中，就出现过许多。有人从小患小儿麻痹症，却一路自立自强进入大学，从本科到研究生，七年时间，都是同学们抬着她的轮椅，助她完成学业。毕业后，她更积极参加公益组织，帮助更多需要帮助的人，成为学雷锋的标兵；有人不幸染上绝症，却在学校、老师、同学的帮助下，战胜病魔，成长为社会的精英；有人家庭极度贫困，本人也很自卑，但在学校和老师的支持下，重新自立自强。这样的故事构成了大学独特的魅力，更好地呈现了青春的底色。是的，青春是用来奋斗的，只要自己不放弃，未来就会有无数的可能。

青春意味着成长，成长是大学的使命。小说花笔墨最多的就是这些少男少女的成长故事。主人公仇晓梅与自己捡到却不忍抛弃的三岁小男孩仇拾相依为命，将他带入大学生活。因为种种不便，导致同宿舍其他女生极为反感，让她们感到现实中的大学生活与她们曾经的憧憬存在巨大落差，矛盾由此爆发。其他三个姑娘联手，在一次冲突过后合力将仇拾扫地出门。但是，当她们一旦得知真相，既往的矛盾顿时化为乌有，演变成合力培养小朋友，演绎了一个个新的友谊的故事。基于善与爱心的友谊，才是直透人内心的情谊。曾枭与仇晓梅的故事则更令人唏嘘。其间，有误解，有困惑，更有由此带来的与其他同学之间的冲突，但这一切，都在成长中消弭了。"清明节那天，代表520女生宿舍去给仇晓梅上坟扫墓的林婉儿在坟地意外邂逅了自己暗恋的曾枭带着仇拾来扫墓。他们返回的时候，十分自然地走在了一起，仇拾在中间，林婉儿在左边，曾枭在右边，他们不约而同地牵起了仇拾的小手，向着未知的明天和远方走去。"读着这些文字，确实为这群年轻人的成长由衷高兴，也为高飞对于奋斗、成长的执念点赞。

高飞写作出道时是校园文学作家，最初送给我的作品体现的是少年作家的逞才使气、华丽和铺排。但这些年，他的写作风格有了大的变化，也许是岁月的磨炼。文字越来越朴素。我一直认为，人的生命经验，在很大程度上，是可以转化为写作经验的。用朴素的方法，将自己对世事人生的看法表达出来，有时候就会很动人，不一定要华丽、玄妙和铺排。因而，我认可高飞现在朴素的写作方式。当然，朴素再加上干净，那就更上层楼了。

读完小说，也有意犹未尽之感。小说除了叙述的流畅、描写的清晰，还可以对生活展开更深刻的思考。小说设计了三年疫情的氛围，但身处其中的大学生心理状态却着笔不多。其实，这是可以进一步深化的。三年疫情，在很多方面给予这代大学生以深刻影响，而且还会持续影响下去。我接触的这个阶段的很多学生，对人生、对世界，都产生了一些新的思考。青春，也是属于思考的。人的批判性思维的养成，大学教育至关重要。这样的处理可能与高飞已经离开校园许久，并不十分熟悉这段生活有关，也算是我的苛求。衷心希望高飞多阅读、多思考，写出更有深度、更能展现Z时代年轻人生活困境与精神风貌的作品。

（成松柳，长沙理工大学教授，湖南省人民政府参事）

自序：致敬逝去的青春，献礼母校七十华诞

相对于浩如烟海、横无际涯的历史长河，人生很短；相对于稍纵即逝、蜻蜓点水的青春，人生很长。漫长也好，短暂也罢，我们的一生所经历的人和事，恐怕数都数不过来，就像抓在手里的那把流沙。

时间是一把筛子，选择性地把大部分沙砾过滤掉了，把金子留下来，构成你我闪闪发光、值得吹嘘炫耀的高光时刻——在我们生命的终点到来的时候，回首和总结过往一生，也只有这些慢镜头值得回味了。

那些经过大浪淘沙，沉淀下来，让我们记忆深刻，感触深刻，疼痛依旧，并在不经意的时候，引发我们共情共鸣，潮涨莫名感动的，就成了我们生命中的烙印，虽然经历岁月

侵蚀，风雨涤荡，印记仍然清晰，痛感依旧强烈。

一些嵌在生命中的细节不可能都随风而去，总有一些人、一些事、一段时光、一个地方，让我们刻骨铭心，感动莫名，甚至跟着我们的肉体，抵御世俗的风雨，穿越到现在，就像我们的某个器官，必须随身携带；也可以跟着我们的思绪，穿梭回过去，再次品味，像一坛陈年老酒一样，历久弥香，让人沉醉，无法自拔。

幼年没有记忆，类似一张白纸。从童年起，深刻难忘的人、事、物、境，开始在我们的生命中生根发芽，并且根植下来。父母、邻里、亲朋，故乡、母校、初恋，他们通过青春连接，继往开来，成为我们生命中最浓墨重彩的篇章。

母校，尤其是帮我们度过最躁动、最难忘、最迷惘的青春季节，体验过最激情、最纠结、最美好的恋情的大学时光，就像天安门广场上那座人民英雄纪念碑，矗立在我们的人生深处，是那样神圣，那样挺拔，让人敬畏，让人景仰。

大学生涯是我们三观形成，并且固化提升的关键时期，关系到我们一生的走向和作为。不管你今天成就有多浩大，财富有多厚实，事业有多发达，都可以追溯到那个时候奠定下来的根基。我自己今天能够在文学创业领域有所成就，也是得益于那个时候开始的逐梦信念和师长牵引。

给了我肥沃养料、培育了我的母校长沙理工大学2026年即将迎来七十周年庆典，这是母校的大事，也是从母校毕业、奔赴祖国乃至世界各地的数十万学子的大事，更是我个人生命中的大事——比我自己的生日重要多了，我还没有为自己生日浓墨重彩地纪念过。为纪念那段时光，感恩母校，我在2023年就开始酝酿创作一部以四年大学生活为背景的长篇校园题材小说，用自己的方式为母校献上一份特殊礼物——在大学里，我是学中文的，这也是我在母校所学专业赋予我的能力和使命。

中文专业有点尴尬，走上社会后，大多改行了，我是为数不多坚持下来的，甚至可以说笔耕不辍。在三十年写作生涯中，我写下了数以千万计的文字作品，有关大学母校的部分，所占比例甚少，甚至可以忽略不计，只是在散文集《每个人的故乡，都在流浪》（湖南人民出版社，2022年10月出版）"难忘师恩"一辑中略有涉及。这是我的疏忽和遗憾，冥冥之中觉得自己更是在等待一个契机——现在来看，这个契机就是母校成立七十周年。

一切都水到渠成，刚刚好，就像来到了阴历十五的月亮，渐趋圆满。母校成立四十周年，我还是个大二学生，除了见证盛况，羡慕有作为的学兄学姐，其他什么都做不了。母校成立五十周年，我在社会上闯荡了六七年，刚在北京安定下来，借着在人民日报社工作的光环，回母校给同一院系的学弟学妹作了一个报告。母校成立六十周年，我在产业经济观察领域声名鹊起，算是略有小成，作为我们那个专业的代表，回母校作了校级报告。

思来想去，为迎接即将到来的母校七十周年，我决定创作一部校园题材的长篇小说作为献礼。当然，最希望将其拍成电影，在母校七十周年华诞到来之际走进院线，搬上银幕，与遍及全国的校友一起为母校庆生，与怀念青春时光的观众一起共情共鸣。

母校四十周年，我还没有独立谋生；母校五十周年、六十周年，迫于养家糊口，我放弃了文学梦想，远离文坛，做了一名经济记者和编辑，在新闻战线上奔波忙碌。这次母校七十周年之前，在母校老师关怀劝说下，我已经重返文坛，并且有所成就，有能力，也有资格用文学和影视来讲述我们的青春故事，追忆似水流年，表达对母校和那段时光的真挚怀念。

时间就像流水，我们已经回不到当年了。母校跟这个世界一样，发生了翻天覆地的变化，在老校区我们仍能找到当年的蛛丝马迹，而蓬勃发展的新校区，我们在的时候还没有。即使用文学和影视重温过往，也跟不上这种日新月异的变化和时代需求了，所以，我只有把我们当年的故事放到最近的题材中来，尽量跟上时代步伐，拉近跟年轻人和今天发展中的母校的距离。虽然是新酒瓶，装的却是旧酒，尤其是在字里行间流淌的感情，表达的情绪，传递的情怀，是质朴的、真实的、高大上的，一如我们当年作为新生跨进母校大门的时候一样。

　　前几年，我创作了一部一百万字的超级长篇小说《前行的人生》，并由作家出版社于2024年6月出版发行，影响不错。在已经创作的十多部长篇小说中，我对《前行的人生》比较偏爱，特别是这个书名。窃以为"前行"二字既是我们这个时代的缩影，也体现了我们这一代的普遍人生态度。楚文化重要源头的文化大咖屈原曾经感慨"路漫漫其修远兮，吾将上下而求索"，这正是我们这代读书人的共同信念。"青春"是"人生"最重要的组成部分，所以，这部长篇小说，仍然选择用"前行"来命名。

"前行"既是我们生命的内在需求，又是一代代中国人不懈追求的真实写照，更是我的母校长沙理工大学的精神内核，具有穿透人心和岁月烟雨的伟大力量。

　　希望用这部《前行的青春》以及由其改编的同名电影为我母校七十华诞献上一个昔日学子的拳拳心意，为其增光添彩。

　　当年我们上大学，没有现在这么容易，堪称"过独木桥"。走进大学校门那天，看到挂在大门左边的那条鲜艳横幅"今日我以母校为荣，明日母校以我为荣"，内心激情澎湃，那激情现在还在心湖荡漾。

　　从我母校毕业出来的很多学子都很牛×，在各行各业都有精英翘楚，真正做到了"今日我以母校为荣，明日母校以我为荣"！我学的是中文专业，我们那个专业，在我们那个大学很弱势，但我相信，我也能做到"今日我以母校为荣，明日母校以我为荣"！

2024 年 8 月 29 日

目　录

第一章

大千世界，芸芸众生，奇葩的事情处处有、时时有，但很多情况下，都是人们茶余饭后的谈资，听过、说过，真正发生在自己身上或者身边的概率是微乎其微的。

可是，长沙某综合性大学2016级电气专业新生女生宿舍楼一号楼520宿舍的其他三个"十八岁的姑娘一枝花"的贺怡、肖小燕、林婉儿在经历了开学最初几天的兴奋好奇和私下揣摩后，终于胆战心惊却又无可奈何地明白过来：她们宿舍的另一个沉默寡言的、跟她们几乎无话可说的女生仇晓梅是准备带着那个小男孩跟她们共居一室，长相厮守下去了。

平心而论，那个小男孩大部分时间不怎么令人讨厌，甚至有点儿讨人喜欢——在他跟她们没有什么明显冲突的情况下。小男孩叫仇拾，再有三个月满三岁了，大眼睛，虎头虎脑，活泼好动，瘦瘦小小，情商很高，小嘴巴很甜，按照三个姑娘的年龄大小，依次叫她们大姨、二姨、小姨。

刚开学那阵，三个女生都喜欢逗仇拾玩儿，都觉得仇拾童言无忌，挺好玩的。仇拾给520宿舍的姑娘们带来了很多快乐和欢笑，冲淡了她们离乡背井到异地求学的孤独不安和对家乡及亲人朋友的思念。她们想当然地认为小男孩是仇晓梅的小侄儿，仇晓梅是小男孩的亲姑姑，小男孩是来陪他姑姑报个到，过三五天就会被大人接走了，带回老家去，所以，对仇拾犯些小错误能够容忍，宿舍里面气氛融洽，大家相安无事。

可让姑娘们没有想到的是，这个小男孩会在她们宿舍里长时间地待下来，一点儿离开的蛛丝马迹都没有。相识容易相处难，如果在一起待上三五天，小男孩确实给姑娘们带来了很多快乐和欢笑，但要是这么长久地待下去，那就另当别论了，尽管小男孩还小，只是一个乳臭未干的孩子，可能什么都不懂，但毕竟男女有别，跟他同处一室，渐渐地让姑娘们感到了不方便、不舒服，甚至引起了心理上的不适反应。

三个姑娘是天天失望天天望，一周过去了，没有人来接小男孩；两周过去了，没有人来接小男孩。一转眼，半个月的新生军训接近尾声了，小男孩还是赖在她们的宿舍里，没有要走的样子，他无忧无虑地跟仇晓梅一起吃饭，无所顾忌地跟仇晓梅一起睡觉；毫不避讳地跟她们共用一个卫生间，在一起吃喝拉撒，让她们感到极为不适。这种不适日积夜累，静悄悄地演变成了不满，发自她们内心深处的、不能抑制、随时可能被点燃引爆的不满。

难不成这个小男孩要长年累月地跟她们朝夕相处下去，不走了？

让三个姑娘内心嘀咕和犯难的是，看样子仇晓梅跟小男孩的关系非同一般，不是她们表面上看起来的那种姑侄关系——仇晓梅要小男孩叫她"姑姑"，小男孩叫着叫着就叫成了"妈妈"。

仇晓梅要小男孩叫"姑姑"，像在掩饰着什么，跟障眼法一样；小男孩叫仇晓梅"妈妈"，是天性流露，发自肺腑，没有做作成分。

难道仇晓梅和小男孩不是姑侄关系，而是母子关系？

这时候，三个姑娘依稀地想起，开学的时候，没有其他人送仇晓梅和小男孩来——她们大多是家人长辈送过来的，可以准确地说，是仇晓梅带着小男孩来学校报到的，这让三个姑娘疑心重重。

姑娘们试着问仇晓梅，仇晓梅讳莫如深，不置可否。

如果是姑侄关系，那就光明正大地承认了就是；如果不是姑侄关系，是母子关系，那确实不好承认，因为仇晓梅还是一个大学新生。由于得不到准确答案，三个姑娘不由得暗自揣测起来。她们暗自揣测的结果，还是没有答案，于是这种暗自揣测变成了她们的共同揣测——尤其是在仇晓梅和小男孩不在的场合和时候。姑娘们情不自禁地问自己，也问彼此：我们的室友仇晓梅跟她带过来的那个小男孩到底是什么关系？

她们揣测的结果渐渐趋向一致：仇晓梅要小男孩叫"姑姑"其实是障眼法，他们实际上不是姑侄关系，而是不可告人的母子关系，仇晓梅大概率是未婚先育，带着一个拖油瓶上大学来了。

如果这个结果成立，那仇晓梅十五六岁就谈恋爱、生孩子、做妈妈了？

十五六岁，应该还是高一高二吧！

仇晓梅今年十九岁，比她们大一岁。按照我们目前比较普遍的教育情况推算，一般都是六岁上学、十八岁上大学，仇晓梅却十九岁了，难道其中有一年时间，仇晓梅是休学生孩子去了？

这个小男孩的父亲是谁，为什么他跟仇晓梅姓"仇"？

为什么仇晓梅的父母家人不愿意帮她带这个孩子？为什么男方家庭不愿意抚养这个孩子，让仇晓梅把他带到学校来了？是因为孩子小，仇晓梅自己舍不得，还是男方家庭不承认，不愿意带呢？

想想都是够乱、够复杂的，这事儿不是一个正常大学生干的！

进入二十一世纪，中国社会已经变得发达、开放、包容，很多事情只怕想不到、不怕做不到。在这种时代背景下，未婚先育虽然不是什么新鲜事儿了，但对仇晓梅当前的身份来说，做未婚妈妈显然是不合适的，带个孩子来上大学更是不合适的，毕竟仇晓梅还是一个大一新生，还刚刚高中毕业，跨进大学校门，不应该是一个"妈妈的角色"。

尽管当下早恋相当普遍了，社会和法律已经允许大学生谈恋爱、结婚、生子了，可一个大一新生带着一个三岁小男孩来上学，还是比较罕见的，至少在湖南省省会长沙的这座综合性高校建校七十年的历史上还是前无古人，也鲜有来者。

仇晓梅的态度和表现让其他三位室友对自己的揣测更加深以为然，成了强有力的佐证：仇晓梅对她跟仇拾的关系只字不提，也不乐意被询问；只要姑娘们聊到仇拾的出身，或被问及他们的关系，仇晓梅要么避而不谈，面呈不悦之色；要么莫名其妙地走开，忙别的去了。哪怕她们的话再投机，仿佛再聊下去，仇晓梅要随时翻脸，准备吵架似的。

当然，姑娘们看得出来，仇晓梅对仇拾确实非常宝贝，跟母亲对亲生儿子的那种宝贝没什么两样，她把自己所有的时间、精力和感情都放在仇拾身上，对他关爱有加、细心呵护，生怕他磕着了、碰着了，用那句夸张的话来说，是捧在手里怕摔了、含在嘴里怕化了。

尽管其他姑娘还没有做母亲，但她们看得出来，也感受得到，仇晓梅对仇拾，那是掏心掏肺、披肝沥胆，只有母亲对儿子，才会这样真情流露、无我奉献；仇拾对仇晓梅，也是言听计从，只有幼儿对母亲，才会这样信任和依赖。

小男孩仇拾在520女生宿舍最初的一段时间里，其他三个姑娘觉得新鲜、有趣、好玩，还能过得去。军训后回到宿舍，逗仇拾玩儿，跟他开开玩笑，要他甜甜地叫一声"姨"给一颗糖果，安排他跑些小腿，去小卖部买包方便面、买盒牙膏、买块香皂，帮她们拿拿没有到位的拖鞋，日子还算快乐，仇拾还算可爱，气氛还算融洽。三五天过后，新鲜劲儿一过，她们就感到了不耐烦，甚至心里暗暗生出厌嫌情绪来。毕竟有个小男生在女生宿舍里，有诸多不便，就像暗处藏了一双异样的眼睛，让她们隐隐感到不安，尤其是冲了凉出来，准备换衣服的时候，得时时小心，处处在意，生怕泄露了，走光了，被仇拾看了。

让姑娘们窘迫的是，小男孩仇拾对自己身上跟阿姨们身上的不同很敏感，并且兴趣盎然。有一次，贺怡冲完凉，披着大浴巾出来，仇拾指着贺怡胸部对仇晓梅说："妈妈，为什么我的咪咪只有小豆豆那么一点点大，阿姨的咪咪那么大，要用毛巾盖住，用双手捂着，会像桃子熟透了一样掉下来吗？"

虽然童言无忌，但说者无心，听者有意，姑娘们面面相觑，她们有了被人偷窥的感觉。

520女生宿舍不大，只有二十多平方米，住四个女生。

四张床，上下铺，靠墙；四个书桌，摆中间；四个壁柜，靠门边。本来就空间有限，相当拥挤了，找个活动的地方都难。现在又平白无故地多出来一个小男孩，确实让姑娘们感到不便、局促、尴尬，甚至难堪。

要命的是这个小男孩还好动、嬉闹、爱哭——他受不得批评，一批评，就哭，扯开喉咙哭，很长时间都停不下来。人多了，事就多了，相处起来，难免磕磕碰碰。很多时候，有的姑娘正在聚精会神，或看书，或写作业，突然就听到大声的、尖锐的哭声响起来，把人吓一大跳，让人防不胜防，也烦不胜烦。一次两次就算了，一天两天就算了，如果小孩的吵闹和哭泣成了她们的生活日常，那就完全不一样了，让人心里相当窝火，来气，有些忍无可忍。

当然，小男孩带来的麻烦远不止于此，意想不到的折磨就像雨后春笋，层出不穷。新生军训最后那天，姑娘们精疲力竭地回到宿舍，暗中庆幸终于解脱了、轻松了，可打开宿舍门，眼前一幕让她们崩溃了：她们叠得整整齐齐的东西被全部翻了出来，扔得到处都是，床上、桌上、地上，乱七八糟，一片狼藉。姑娘们的衣服、鞋袜、裙子；上大学前，亲人朋友送给她们的祝贺礼物；她们心爱的布娃娃、玩具、电子产品；她们爱吃的零食、巧克力、话梅；她们的护肤品、化妆品，都被仇拾翻了出来，弄得遍地都是。她们进来的时候，仇拾正坐在地上吃零食——吃她们的零食。她们的零食都被仇拾津津有味地、无所顾忌地吃了一部分——虽然平时姑娘们吃零食也给仇拾分一点儿，但姑娘们给仇拾吃跟仇拾主动翻出来吃，完全是两码事。

　　三个姑娘终于忍无可忍，抑制不住地爆发了。她们不客气地训斥仇拾，也对仇晓梅进行了轮番指责和数落，怪她没有管好自己的孩子。宿舍里的样子，就连仇晓梅自己都看不下去了，她一边听着室友们的指责和数落，一边举起一只手来，在仇拾面前高高地扬起，巴掌却没有落下来。这让其他三个姑娘更加不满了，她们都觉得在这个时候，仇晓梅确实应该狠狠地教训一顿仇拾，才能让她们感到安慰，才能够杀鸡儆猴，防止仇拾以后故技重施。在她们看来，仇晓梅只是做做样子，是显而易见的偏袒行为。这不禁让她们火上浇油，指责和数落的声音更大，话语更难听了——三个姑娘气急败坏，不管刚认识和搭伙不久，差不多什么话都说了，有些口不择言的话确实很伤人。仇晓梅强忍着，憋着，眼泪还是不由自主地流了出来，顺着那张写满歉疚的俏脸往下流淌。

仇拾终于意识到自己惹祸了，他还没有见过这种大阵仗，看着三个阿姨不约而同地指责和数落自己和妈妈，他嘴巴一撇，"哇"的一声大哭了起来。对一个三岁小孩来说，哭是表达不安情绪的最好方式，哭是面对复杂问题的最有效办法。所以，仇拾的哭，一旦开始了就刹不住，就像决堤的洪水，而且哭声越来越大，到后面，简直是惊天动地，像是受到天大的委屈，要把整栋楼掀翻似的。

被集体数落，仇晓梅也烦，她蹲下去，轻轻地哄了几下仇拾，却没有什么效果，不由得提高声量，威胁他："哭吧！你再哭，我就不要你了！"

仇晓梅没想到，这句话捅了马蜂窝，起了反作用，仇拾没有被吓倒，反倒哭得更加伤心、更加理直气壮了。

仇拾的哭声把同一楼层的其他姑娘吸引了，她们陆续跑过来看热闹。看热闹的姑娘挤满了520女生宿舍和宿舍门前的走道，有人安慰仇拾，哄他别哭了；有人指责三个姑娘，说她们怎么连一个三岁小孩都容纳不了，跟一个三岁小孩计较。零食吃了就吃了，重新再买就是；东西乱了就乱了，重新整理就是；衣服脏了就脏了，重新洗一下就是，犯得着对一个三岁小孩又恐吓又责骂吗？

　　旁观者的指责让其他三个姑娘坐立不安，脸上渐渐挂不住了，好像仇晓梅是仇拾的亲妈，她们是仇拾的后娘似的。三个姑娘感到很窝火，又百口莫辩。看样子，宿舍是暂时没办法待下去了，她们随手拿了一本书，相继挤出人群，走出了宿舍。众口铄金，积毁销骨。惹不起，还躲不起吗？对姑娘们来说，现在是眼不见为净，耳不听心不烦。她们在楼下会合后，一起向图书馆走去。一路上，谁都不说话，她们心里都憋着一肚子气。

　　图书馆里人虽然多，却异常安静，听得见呼吸声、翻书声和沙沙的书写声，有人在看书，有人在做题，有人在沉思默想，也有人在伏案给恋人写情书。坐下来后，三个姑娘心里却没法平静，脸色难看，胸部起伏。她们越想越气，既看不进书，也集中不了精神做题。被气得最凶、心情最难平静的是贺怡，她被气坏了。

　　贺怡睡下铺，仇晓梅和仇拾也睡下铺，受地利影响，贺怡的东西被翻得最乱，差不多无一幸免，零食被吃得最多，她最喜欢吃的那罐腰果仇拾也喜欢吃，都快被吃光了——当然，她对仇晓梅和仇拾的指责和数落也最厉害，她是主角，其他两个姑娘帮腔，那种情况下，她没办法控制自己的情绪。

贺怡在图书馆待了一会儿，觉得今天不是一个读书做功课的好日子，今天的心情很不适合在图书馆继续待下去。她眼前的书翻开了，摆在桌上，是路遥的长篇小说《平凡的世界》。厚厚的书本敞开着，搁在那里，贺怡却一页都没有看进去。她合上书本，从座位上站起来，朝外面走去。贺怡想到室外眺望一下远方已经入秋的岳麓山景，看那层林尽染，尽量让自己变得豁达一点、通透一点；贺怡想到室外吹吹秋天的风，让自己冷静冷静。那风从湘江边上吹过来，带着微凉，有股清甜的江南水乡的味道。

看到贺怡出了图书馆，坐在对面的肖小燕和林婉儿也合上书本，从座位上站起来，跟着出去了。对520女生宿舍的三位姑娘来说，她们的遭遇是一样的，感受是一样的，同病相怜，感同身受，尽管受到的委屈和产生的气愤程度不一样。由于这件事，她们结成了统一战线，同仇敌忾，一致对外了，这个"外"就是仇晓梅和仇拾母子俩。

中间横着一条小马路，安静的图书馆对面就是热闹的田径场。马路上人来车往，两边种着树，停着车。田径场宽敞阔大，三面有看台，四面被葱茏的树木包围着，形成一个师生活动中心，什么时候都人满为患。树以香樟树为主，很多都是建校之初种植的，上了年纪，有合抱粗了。香樟树四季常青，树叶繁茂葱茏，散发出阵阵馥郁的清香。光滑透亮的黑珍珠一样大小的果实一树树、一枝枝、一簇簇，点缀和隐匿在四季常青的树叶中间。有些果实熟透了，脱离枝头，落下来，掉在地上，被经过的脚步踩碎，空气中散发出浓郁的幽香，沁人心脾。香樟树的树叶香，果实比树叶还香多了，但果实要碎了才香，不踩碎，那香味被果皮包裹住了，渗透不出来。

田径场铺着红、绿、黄三色相间的塑胶，线条纹理清楚。很多人在塑胶地面上走来走去，有孤独落单的，有幸福成对的，有热火朝天、三五成群的。有人在边走边思考，有人在边走边闲聊，有人在奔跑跳跃，或者做着其他的运动和锻炼。

快乐和幸福是别人的，三个姑娘没有被那些人同化感染。想起今天发生在宿舍里的那件事儿，她们还是义愤填膺，愤愤不平。三个女人一台戏，她们的牢骚就像决堤的洪水，渐渐多了起来，汹涌起来，拍打着她们脆弱的心的堤坝。

"我们真是活久见了，一个不到二十岁的姑娘，带着孩子来上大学，不晓得班主任知道吗？院系和校领导知道吗？他们是怎么想的？这种事情，真是闻所未闻，更不用说见了，可偏偏发生在我们520宿舍，让我们深其受害！"贺怡说。

"是呀，是呀，我们想都不敢想的事情，她却敢做敢当，一副死猪不怕开水烫的样子。不知道中国的其他高校有没有，至少，在我们学校，那是绝无仅有的吧！我是开天眼，长见识了！"肖小燕说。

"看来，她生活不检点，跟别人生孩子，做妈妈，我们却要跟着她遭殃，活受罪！这件事的出现，把我没上大学前对大学生活的美好憧憬破坏殆尽了！"林婉儿说，"早知如此，我就报另外一所大学了！"

"这件事确实非同凡响，举世无双，只有她做得出来，还问心无愧似的，我们仨是怎么都做不出来的。"贺怡说，"你们想过没有，虽然我们520宿舍仇晓梅的年纪最大，却也只比我们大一点点，我们十八岁，她十九岁，可她的孩子已经三岁了。这说明了什么？说明她未婚先育，十五六岁就生孩子了，她是不是太着急了？是不是有点儿伤风败俗？"

"不晓得她家人是怎么想的，怎么允许她这么小就谈恋爱生小孩了？她把小孩带到学校来，肯定是因为她家不能容忍这件事情，男方家也不能容忍这件事情，双方都没有人愿意给她带孩子，所以她只得带着孩子来上大学了！"肖小燕说。

"是呀，是呀，看来仇拾是个既不被女方家庭认可，又不被男方家庭接受的小野种，仇晓梅真是不知廉耻，什么事都做得出来！"贺怡说。

"各人自扫门前雪，哪管他人瓦上霜。他们怎样，我管不着，也不想管，如果他们不在我们宿舍的话。关键是他们在我们宿舍，他们母子方便了，快乐了，幸福了，我们倒大霉了。520宿舍本来就小，四个人住在里面已经拥挤不堪了，现在还要挤进一个人来——这个人还是个异性，还天天吵闹，经常哭，动不动爱翻东西，真是让人受不了。高三的时候，我吃得了苦，耐得了烦，霸得了蛮，做了拼命三郎，一天只睡四五个小时，就是奔着美好的大学生活来的。可我做梦都想不到，我的大学生活居然会是这样一地鸡毛，天天要吵架！现在想着这种暗无天日的日子还要持续四年，实在让人崩溃！老实说，我家没有背景，没有关系，现在就业形势不容乐观，只能靠自己努力，大四了，我还要考研呢！生活不好，心情不好，休息不好，学习效果肯定也好不了，我还考个鬼研啊！"林婉儿说。

"有了他们这对母子，虽然520宿舍不是地狱，至少也是炼狱了，确实让人痛苦难受，待在我们520宿舍简直就是折磨，就是煎熬，却又无处可去！"贺怡说，"两位姐妹，我是受不了了，难道你们打算一直这么强忍下去?"

"不忍，还能咋样呢？难道像今天这样大吵？吵多了闹心！"林婉儿说，"相遇就是缘，缘是天注定，在同一个屋檐下吃喝拉撒，我们总不能一点人性都没有，一点人情都不讲，把他们母子赶出去吧！"

就是呀，不忍忍，还能怎样呢？总不能将他们母子扫地出门，让他们流落街头，去睡大街吧！

说了那么多，等于没有说，三个女生无奈地沉默了。

一群大雁从天空飞过，排成人字，向南方展翅飞翔，让天空美丽如画。一阵秋风吹过来，把她们的牢骚带走了，内心依然是气愤难平。唯一感到好受点儿的，是气话说出来了，气虽然没有全消，却是消了那么一点点。所以，人类需要朋友，需要亲密朋友。

血红的太阳跑了一天，累了，无力地靠在岳麓山尖上，一点点地往下坠落。秋天的夕阳还有余温，阳光照在身上，让人感到有温度。斜阳把姑娘们沉默的身影拉得很长很长，叠映在一起，跟她们同仇敌忾的心一样。

不得不说，对三个郁闷的姑娘来说，520宿舍是个莫大的讽刺，让她们心里产生了莫大的落差。她们满怀憧憬，十年寒窗苦读，吃不香，睡不着，终于上大学了，以为苦尽甘来，可以开始生活新篇章了，结果没想到是这样。

姑娘们发挥了她们丰富的想象力，把大学想得很美很好，选自己擅长的专业，读自己喜欢的书，交趣味相投的朋友，在对的时间对的地方找一个对的人谈一场轰轰烈烈的恋爱；寒暑假了，约上三五个铁杆闺密或者男朋友，来一次说走就走的旅行，去自己喜欢的名山胜水，吃自己爱吃的各地特色美食。

理想是丰满的，现实是骨感的。无奈的现实把她们的向往和憧憬撕得粉碎，就像一面破碎的镜子，扎手扎心，无法拼接。

秋天的长沙是美丽的，这美丽不只有美味馋人，把姑娘们的嘴唇辣得红肿起来的小龙虾、牛蛙和女生们都喜欢排半小时长队都要喝上一杯的茶颜悦色，以及让人目眩的岳麓山上的层林尽染和湘江里的漫江碧透；美丽的秋景下面，还有"无边落木萧萧下"的秋季的肃杀，以及即将入冬的清冷和一下起来就没完没了的绵绵细雨。

不知什么时候天空飘起了小雨，雨很细很密，就像初夏清晨的露珠。姑娘们的头发上，衣服上，凝结上了一层密密麻麻的雨珠。雨珠化了，也把姑娘们的衣服浸润了，弄湿了。

第二章

三个姑娘将"惹不起,躲得起"进行到底了。那次大吵的结果,就是三位姑娘在520女生宿舍待的时间能少则少,能不待尽量不待,她们无可奈何地把520女生宿舍让给了仇晓梅和仇拾,就像被人赶出了家园,只有在睡觉前,才踩着点回去,即使洗澡,她们都拎着衣服,跑到公共澡堂去了。

满腹怨言又无奈无助地在外面游荡了一段时间,她们意外地发现其实外面的世界远比宿舍那片小天地精彩,三个姑娘找到了三个妙不可言的去处:远点的,走出校门,到长沙城的各个风景名胜古迹逛逛,这个得到周末才行;近点的校内,学校是个小社会,里面什么都有,图书馆、田径场、球场、游泳馆、男生宿舍、美味小吃一条街、四通八达的校园小径；最近的，是同一栋同一楼层的其他女生宿舍，如对面女生宿舍或者隔壁女生宿舍。

长沙是一座拥有三千多年悠久历史的文化名城了，壮怀激烈的人文景观很多，美不胜收的自然风光很多，让人流连忘返的小吃美食很多。周末了，三个姑娘穿戴一新，打扮一新，大清早就出门了，晚上睡觉前赶回来。她们一边欣赏各种美景，一边品尝各种美味，橘子洲头、岳麓山、岳麓书院、爱晚亭、杜甫江阁、五一广场、太平老街、天心阁、黄兴广场、黄兴路步行街、铜官窑古镇、石燕湖、动物园、植物园……那个学期，她们都挨个儿去了一遍，让她们最喜欢的甚至去了两遍三遍，结果眼界开阔了，知识面拓展了，对长沙更了解了、喜欢了——当初报考这所大学，就是因为喜欢长沙这座吃喝玩乐极致的城市。

不得不说，女人是味觉动物，吃让姑娘们心情舒畅，忘乎所以。她们迷恋于长沙街头巷尾的各种特色美食，臭豆腐、糖油粑粑、口味虾、酱板鸭、姊妹团子、刮凉粉、脑髓卷、椒盐馓子、米粉、德园包子……乐不思蜀。每次她们都换着花样，AA制消费，既大饱口福，又经济划算。两个月下来，姑娘们吃得红光满面，体重飙涨，腰围胖了一圈，感觉到食堂的饭菜索然无味。女人都不喜欢胖，因为男生不喜欢。有一天在商场试衣服，她们惊讶地发现，以前的尺寸已经穿不了了，她们突然意识到再也不能这样下去了，于是忙着节食减肥，报瑜伽，锻炼塑形。

有得必有失，有失必有得。走出宿舍，三个姑娘见识到了另一个多彩的世界，体验到了另一种精彩的生活，比起同年级的其他大学生，她们收获更多，见识更多，体会更深，可以说因祸得福。

人都喜欢随遇而安，得过且过，这是人性中的惰性使然。如果待在宿舍里舒服，大家都愿意待在宿舍里，缺乏破局的动力，对宿舍产生一种强烈的依赖心理，从而错失了很多美好的体验和风景。谈恋爱了，不喜欢待在宿舍里，当然宿舍里没人，只有恋爱双方当事人在的时候除外。从某种程度上讲，舒适的小天地限制了人的见识和眼光，让人坐井观天，容易故步自封。年轻人就应该趁着年轻，到更加宽广的外面世界闯荡，多见世面，多长本事。因为在520女生宿舍待了烦，三个不得不结伴出游的姑娘领先一步明白了这个人生道理。

如果时间不够远游，在宿舍又不方便待，三个姑娘就去图书馆或者教室，读名著，做作业。当然，在校内，可做的事情很多，有时候，她们去田径场上跑步，去排球场打球。当然，她们也喜欢去足球场看男生踢球，或者去篮球场看男生打球。这种身体剧烈对抗的赛事差不多天天有，不是篮球就是足球，不是系与系、级与级、班与班，就是院与院，有时候还会碰到校与校。鉴于性别和身体情况，这些赛事，三个姑娘参加不了，只有做观众，给自己喜欢的队伍或看上眼的男生加油。看着他们奔跑、进攻、防卫、断球、抢球、进球，姑娘们肾上腺素飙升，莫名其妙地兴奋，喊加油有时候喊得嗓子都哑了。姑娘们喊加油，除了喊球队名，有时候甚至直接喊某个男生的名字加油，例如肖小燕就喊过"陆贵，加油！"陆贵高高大大，是个体育保送生，好像他什么球都行，全校很多女生都喜欢看他打篮球、踢足球，在球场是一道带劲的风景。看完球赛，或者没球赛可看了，姑娘们就在校园小道上散步，聊功课、聊老师、聊男生，她们处成了无话不谈、形影不离、难以分割的姐妹。

当然，三个姑娘也有不得不在宿舍待着的时候，如雨天，如学累了，玩累了，想休息了，要上床睡觉了。长沙雨天多，有大雨有小雨，小雨细雨绵绵，如泣如诉，像一个怨妇，尤其是春、秋、冬三季；大雨滂沱，如夏天，尤其是夏初，像老天发的一顿铺天盖地的牢骚。所以，520宿舍还是她们无法躲避的归宿。不得不待在宿舍了，还不是上床睡觉的时候，姑娘们爱上了串门，去对面宿舍或者隔壁宿舍，跟邻居和对门聊会儿天。姑娘们凑在一起，话匣子容易打开，天南地北，天文地理，家人、朋友、经历、感情、美食、化妆，都可以成为话题，你对别人真诚，别人对你真诚，一来二去，姑娘们交了很多朋友，自己班的、隔壁班的，同一年级的、高年级的，同一专业的、不同专业的，同一院系的、不同院系的。

520女生宿舍让三个姑娘不满意，对面宿舍或者隔壁宿舍让三个姑娘非常满意，她们经常在对面宿舍或者隔壁宿舍待到快熄灯了，不得不上床睡觉了，才回520宿舍。正如一个有先见之明的作家所说：在一个地方失去的，会在更多地方找回来。

在一起相处的时间少了，正面冲突就少了。这样一来，520女生宿舍的四个女生和一个小男生，在相当长一段时间里倒也风平浪静、相安无事，只是她们分成了两派，仇晓梅和仇拾是一派，三个姑娘是一派，彼此井水不犯河水。

如果说三个姑娘心里面彻底放下了，那是假话。其他女生宿舍的女生们无所顾忌地谈天说地，随心所欲地做自己喜欢做的事情，如化妆、做面膜、试衣服、换衣服，天气热了穿裤衩，甚至冲完凉，半裸着身子出来，都让她们羡慕不已，心理失衡——其他宿舍女生的自由自在让她们心向往之。

可在520女生宿舍，这一切都是奢谈。因为有个小男生在，姑娘们不得不收敛本性，检点行为，戴上面具，什么时候都不得不做一个乖乖淑女，不敢越雷池半步，这种小心翼翼，让人累，让心累，心更累，没有让她们清闲的时候，没有让她们清闲的环境。

尤其是从浴室出来，520宿舍的姑娘们要把自己裹得严严实实，生怕哪个地方走光了，被仇拾看到了，甚至熄灯了，上床了，钻进被窝了，躺下来了，她们都不敢脱太多，她们生怕仇拾突然掀开蚊帐钻了进来。即使谈天说地，520女生宿舍跟其他宿舍都不一样，都要小心翼翼，生怕说错了、说过了，毕竟有个小男孩在，少儿不宜的话不能说，包括谈论自己喜欢的男生或者老师。

不是危言耸听，仇拾掀开蚊帐闯进来的事情，不是没有发生过，而是发生了不止一次两次。睡在下铺的贺怡首当其冲，深受其扰，却因为是小孩，又不能发作，只能憋着，甚至还要给他笑脸和好话。

尽管仇拾掀开蚊帐钻进来的时候，贺怡快速反应了，要么用被子把自己严严实实地捂住了，只露出一颗脑袋、两只眼睛，要么把仇拾及时地制止了——当然，仇拾的莽撞也有可能被仇晓梅及时制止了，批评了，教育了。可小孩就是小孩，做错事是不长记性的，错误是有惯性的，类似事情一而再、再而三地上演，搞得贺怡风声鹤唳，胆战心惊，有时候半夜都被从梦中惊醒——有一次，仇拾半夜起来小解，迷迷糊糊的，上错了床，硬往贺怡被窝里钻，贺怡都快被吓出精神病来了。

彼此之间，如果没有爱情和亲情，女生对男生是天然排斥的，跟年龄没有多大关系。虽然仇拾还小，可能什么都不懂，只是出于好奇，出于亲近，出于天性，只想找一个人陪他玩玩，但仇拾毕竟是个男生，男女有别，男女授受不亲。对性别的警惕和防范，姑娘们与生俱来，没有意识摆脱，也没有办法克服。

按常理来说，520女生宿舍本来就是她们的地盘，应该由她们自己做主。仇拾出现，侵犯了她们的领地，她们又拿他没办法，毕竟他还是个孩子，姑娘们只得退而求其次，只剩下了床，剩下了蚊帐里面的窄小空间——蚊帐内被窝里确实是姑娘们绝无仅有的神圣不可侵犯的地方了。

如果520女生宿舍没有仇拾，或者说仇拾不是个小男孩，而是个小女孩，姑娘们该多放松、多洒脱、多自由、多自在啊！她们用不着压抑本性，戴着面具，因为那是她们自己的地盘，她们爱说什么就说什么，爱做什么就做什么，爱穿什么就穿什么。回到宿舍，或者从浴室出来，褪去伪装，穿着清凉点、妖娆点，露出胳膊、大腿，甚至性感的肚脐，都天经地义，理所当然。

由于仇拾在，姑娘们不得不收敛起来。仇拾虽然小，毕竟他是个小男孩，一个跟她们非亲非故的小男孩，一个正在意识到自己的身体跟阿姨们的身体有所不同的小男孩，一个已经观察到自己的小咪咪跟阿姨们的大咪咪有大不同的小男孩——也许他什么都不懂，这种认知只是出于一种与生俱来的性别的本能。

小男孩仇拾是反客为主了，520女生宿舍成了他的乐园，他想干啥就干啥，他想爬到谁的床上去玩就爬到谁的床上去。与其说小男孩仇拾与520女生宿舍格格不入，倒不如说520女生宿舍让其他三个姑娘感到格格不入，好像仇晓梅和仇拾是520女生宿舍的天然主人，其他三个姑娘是客人，是寄人篱下的客人似的——这种情况下，要让三个姑娘没有微词和怨言，那是太难了。

小仇拾掀了贺怡蚊帐的那天晚上，躺在床上，贺怡睡不着了，想着想着就来了气，忍不住想找仇晓梅好好说道说道。人小心大的小仇拾已经睡着了，发出了轻微的呼噜声。其他姑娘都已经上了床，进了被窝，准备睡觉。灯已经熄了，宿舍里漆黑一片，正是聊点儿什么的时候。

"晓梅，晓梅，你睡了吗？"贺怡轻轻地问。

"正准备睡呢！"仇晓梅说，她知道贺怡正在气头上，这个时候找她，准没什么好事，她希望敷衍过去。

"那就不好意思，打扰你休息了。"贺怡说，"我们长话短说，我咨询你个事儿，你准备带仇拾在我们宿舍住到什么时候？是一直住下去吗？"

是福不是祸，是祸躲不过。仇晓梅不能敷衍了，只能面对了："对不起，贺怡。是我们姑侄俩让你们难堪了，可是我没有办法。如果有地方去，我们就不会赖在520女生宿舍，让你们受苦了。你们知道，我是不可能扔下仇拾，对他不管不顾的。"

"你那样照顾他，那我们呢？我们的心情谁来照顾？这公平吗？"贺怡说，"晓梅，不管你们是姑侄，还是母子，我知道你们也不容易，我们三个也不是没有良心、没有良知的人，不是我们嫌弃你们，实在是因为仇拾是个男生，他在我们女生宿舍，让我们感到很不方便、很不适应。你们是亲人无所谓，我们跟仇拾非亲非故，很尴尬!"

"贺怡，这个你不说，我也明白，也感同身受！看到你们成天漂在外面，就知道你们在为我们考虑，我就感到很自责——人心都是肉长的，可我没有其他更好的办法，只得委屈你们了!"仇晓梅说。

"仇晓梅，我们不需要没用的道歉，我们需要解决实际问题。你这话是什么意思？你们准备在520女生宿舍长住了?"贺怡不由自主地抬高了声量。

贺怡的话也是其他两个姑娘的心里话，她帮她们说出来了，激起了她们的强烈共鸣；仇晓梅的话也让其他两个姑娘倍感无奈，引发了她们的强烈不满，肖小燕和林婉儿不由自主地加入了战斗，双方形成了立场鲜明的两大派，你一言我一语，你来我往地争执起来，就像一群深夜无法入睡的鸟儿挤在一个窝里开大会，叽叽喳喳，不止不休——当然，她们的气氛没有那么融洽和谐，三个姑娘集中枪口，对准仇晓梅，越说情绪越激动。

虽然说"一个巴掌拍不响"，但520女生宿舍吵架却是一个巴掌在拍，看三个室友都对着自己怒气冲冲，仇晓梅自知理亏，索性你说什么我都听着，能不回应尽量不回应，不得不回应了，也是放低身段，轻言细语，避开主要矛盾，避免战事升级。

"全校其他女生宿舍，女生回到宿舍，洗完澡，穿着裤衩、裹着浴巾就出来了。就我们宿舍，洗完澡，都要裹得严严实实，换个衣服都要躲进蚊帐里、躲进被窝里，就像做贼偷人一样的。"肖小燕说。

"就是呀，我们换个衣服，都要躲进蚊帐里，躲进被窝里，缩手缩脚的，极不方便，极不舒服，我是受够了！"林婉儿说。

"上高三的时候，我们住在集体宿舍里，六个女生，觉得很难受、很压抑，想着再苦一年，上大学了，功课轻松了，环境好了，快乐了，幸福了，自由了，结果没想到碰到这档子事，坦率地说，我们目前的处境，比高三的时候还糟糕，我们过得比高考冲刺还压抑，我都快得抑郁症了。"贺怡说。

仇晓梅不再说话，她心如明镜，自己插嘴，哪怕是解释，都是不仅于事无补，而且火上浇油，让问题更加复杂化。

那天晚上的月光很暗，室外的路灯很淡，透过玻璃照进来，差不多没有了，宿舍里影影绰绰，幽暗至极，压抑至极。

争吵渐渐变成了单簧，其他三个姑娘说她们的，仇晓梅睡她自己的——她开始装睡，对方指责也好，数落也好，谩骂也好，都全然在理，没有不对的地方，都得听着，不得反驳。

听多了，仇晓梅心里也烦，也觉得自己不对，是她和仇拾把室友们心驰神往的美好大学生活破坏殆尽了，罪不可恕。可她实在没有办法，她不能不管仇拾；她穷得叮当响，不可能到外面租房，只能带着仇拾在520女生宿舍凑合，做一天和尚撞一天钟——得过且过。

如果有钱，仇晓梅既不愿意让室友感到憋屈，也不会让自己受这气，她带着仇拾在学校里或者到学校附近租个房，哪怕租一间房也行，让她和仇拾能够容下肉身，有个遮风挡雨的地方就行。

三个姑娘絮絮叨叨，一字一句，听在耳边像炸雷，落在心里像重锤，让仇晓梅压根儿睡不着，可她不得不继续装睡，装作睡着了，打起呼噜来——尽管仇晓梅睡觉从来不打呼噜，一点儿呼噜声都没有。

　　"我×，鸡同鸭讲了，我们说，她却睡着了！"听着仇晓梅的呼噜声，贺怡失控了，情不自禁地爆了句粗口。

　　既然当事一方睡着了，再唠叨下去，就没有多大意义了，三个姑娘顿时感到索然无味，于是偃旗息鼓，争吵停止，准备睡觉。

　　宿舍里静默下来，只剩下呼噜声和吵架过后的粗重的呼吸声。

　　贺怡爆粗口出乎所有人意料，也让人吃惊。她是胸襟豁达、性情温和的人。谁都没想到，一个年纪轻轻、知书达理、温文尔雅的女生会突然爆粗口，可见她是忍无可忍了！

　　是呀，不到出离愤怒、万不得已，哪个女生愿意爆粗口呢？

　　粗口出来，贺怡也觉得不妥，这是她有生以来，第一次爆粗口，既有损自己形象，也伤双方感情，大家都是同学，都是室友，没必要伤和气。贺怡想向仇晓梅道歉，又拉不下脸，说不出口，只能寄希望于仇晓梅真的睡着了，没有听见。贺怡在心里暗暗告诫自己，以后要控制情绪，防止祸从口出，再怎么愤怒，都要忍着、憋着，不能再爆粗口了，不能爆粗口爆成习惯了。

正在装睡的仇晓梅也惊呆了，她做梦都没想到贺怡会爆粗口。换位思考一下，确实都是自己不对，是她和仇拾鸠占鹊巢，让室友们受委屈了——当然，仇晓梅也感到委屈，这是进入大学以来，她第一次被别人这样辱骂。躲在被窝里，搂着仇拾，仇晓梅咬着被角，无声地哭了。仇晓梅想放声大哭，可是她不能。

仇拾还没长成，身子瘦瘦的、小小的，却也暖暖的、软软的，让仇晓梅心里涌起无限的怜悯的波澜，这也给了她慰藉和力量，让她感到受点委屈都值当了。

正当青春年华，自己都还是个孩子呢，谁愿意带着一个拖油瓶来上大学，受这累呢？仇晓梅也不例外。可是她没办法，也狠不下心来。仇拾一不是她儿子，二不是她亲戚，三不是她邻居，四不是她熟人，他们非亲非故——她跟仇拾与宿舍其他三个姑娘跟仇拾没什么区别，她可以没有仇拾，但仇拾不能没有她，没有她，一个三岁的孩子怎么活？进大学之前，仇晓梅已经挨个儿找过他们村的人了，没有人愿意收留仇拾，包括家里没生育的人家，甚至有人还劝仇晓梅不要自作自受，把仇拾放回她捡他的地方，让他自生自灭。

仇拾是别人抛弃的，仇晓梅捡来的。既然是自己捡来的，那就说明仇拾跟自己有缘，她不能置之不理、弃之不顾，她得对他负责，至少在他长大成人，能够独立自主、自食其力之前得对他负责任。

不是仇晓梅不清楚对一个年轻姑娘来说，带着一个三岁的小男孩意味着什么。在她心里，仇晓梅已经翻来覆去地推演过了，方方面面都想过了，可以说是深思熟虑过了，包括对自己的学习、工作、恋爱、结婚、生子的影响。她现年十九岁，仇拾三岁，他们相差十六岁，她把他带到十六岁，她三十二岁，她把他带到十八岁，她三十四岁。仇拾十六岁也好、十八岁也好，那个时候，他基本上能够自己照顾自己，不用她管了，她也可以结婚嫁人了。虽然照顾陪伴仇拾成长的这些年，从十九岁到三十多岁，是一个女人一生中最美丽的年华；虽然三十多岁成家嫁人是晚了点，可能变成剩女了，找不到好男人了，却也还勉强说得过去，不算太晚，还可以亡羊补牢。

当然，仇晓梅也奢望过，在照顾和陪伴仇拾成长的过程中，如果有人愿意，不嫌弃他们——主要是不嫌弃仇拾，能够接纳仇拾，愿意跟仇晓梅成家结婚，那是最好不过了，但她不敢奢求。

偶尔，仇晓梅也想撒手不管，尤其是跟宿舍其他三个姑娘吵架的时候，把仇拾交给孤儿院，或者给他找一个没有生育的城市家庭，毕竟她跟仇拾也没血缘关系。可仇晓梅放心不下，怕他受委屈，更担心他的成长和健康，怕他心脏病发作，怕他以后不务正业，走了歪路，把一生毁了。既然有缘碰到了，仇拾又这么认她，她就得对他负起责任来。

下定决心，义无反顾地照顾和陪伴仇拾，也许跟仇晓梅的自身经历有关系，仇拾的情况让仇晓梅感同身受。仇晓梅自己是个留守儿童，吃够了在关键的成长阶段没有父母照顾的苦楚，尝尽了没有父母陪伴的孤独。仇晓梅没有爷爷奶奶，他们去世早，外公外婆远在千里之外。她父亲在广东打工，她母亲是外省的，也在广东打工，她父母是在打工的电子厂里认识的，还来不及结婚就有了她。

仇晓梅上学前，一家三口住在广东东莞的出租屋里；到了上小学的年龄了，母亲陪她回老家读书，但母亲没有给过她好脸色，总是埋怨她耽搁了自己。初一那年，她母亲给了她两个选择：要读书就住校；不读书，就跟她去广东找父亲。仇晓梅选择了住校，她母亲去了广东，跟她父亲团聚，把她一个人留在老家。一个人在老家的仇晓梅要多孤单有多孤单，要多无助有多无助。

只有过年了，工厂放假，父母才回来陪仇晓梅一周，那是她一年中最幸福的时光。有些年，父母过年都不回来，因为买不到票，回来成本也高，让她逆着春运高峰去广东。乡下，青壮年都出去打工了，留守孩子多，学校住读生多，大部分住读生基本上有家可归，到周末了，回家待两天，跟隔代的爷爷奶奶外公外婆聚聚。仇晓梅是个例外，周末了，也待在学校里，因为她家里没有亲人，即使回去了，还是她一个人，比待在学校里更难过。

有时候，寒假暑假，仇晓梅一个人跑到广东，去跟父母团聚，开学前夕才回来。一家三口挤在城中村狭窄的出租屋里，三餐一起吃，漫漫长夜一起过，倒也温馨亲切。她和母亲睡大床，父亲睡地板。广东又热又潮，白天苍蝇多，跟人抢饭菜；晚上蚊子多，叮人吸血，被咬后痒得难受，皮肉抓破了都不解恨，血水脓水一起流，身上没一块好地方。

看惯了父辈的颠沛流离，辛苦艰难，仇晓梅心惊了，懂事了，开窍了，暗暗发誓要用知识改变命运，不让自己再重复父母那样的社会底层生活，于是开始奋发图强，努力读书，希望考个好大学，将来大学毕业，找份好工作，把父母接到自己生活的城市，让他们老有所依，过上衣食无忧的晚年生活。

高三那年，为了激励自己，仇晓梅在每本教科书、辅导书、试题书的扉页上都认真地写下自己的座右铭"有志者，事竟成，破釜沉舟，百二秦关终属楚；苦心人，天不负，卧薪尝胆，三千越甲可吞吴"，她目的明确，要求自己无论如何都要考上大学，并且尽可能地考上一所好大学。

让同班同学和教过她书的老师都没想到，仇晓梅最后还真如愿以偿了。高一高二成绩一般，甚至不及班上平均线的仇晓梅，经过高三那年努力，成绩稳步提升，高考是她高中发挥最好的一次考试，高考揭晓，她以全班第二名的成绩，考上了这座一类本科，而且还是王牌专业——电气自动化。

那天，去学校领录取通知书，兴高采烈，春风满面地回到镇上，下了汽车，在车站出口处，仇晓梅碰到了仇拾——

那个时候的仇拾还不叫仇拾，只是一个两岁多的小男孩。

小男孩坐在地上，哭得荡气回肠，上气不接下气，脸上是纵横交错的鼻涕和眼泪。小男孩的双脚在地上来回摩擦，鞋后跟被磨掉了，他一边用胳膊抹着鼻涕和眼泪，一边痛彻肺腑地哭喊着找妈妈，那个场景让仇晓梅似曾相识，曾经在她生命中出现过一样，把她都看哭了。

车站的出口处人来人往，有人上前询问仇拾的情况，有人驻足观看，议论纷纷，围观者来了一拨，又走了；走了一拨，又来了，最后还是都先后走开了。仇晓梅没有走，在强烈的好奇心和同情心驱使下，仇晓梅走上去，蹲下身，一边哄劝，一边了解。

从小男孩断断续续的哭诉中，仇晓梅了解了个大概：小男孩的父母说好来接他，结果没来！中午吃完饭，小男孩的父母把他带到车站，要他留在车站出口处等着，他们去给他买棒棒糖。结果小男孩在车站出口处一直等着，不敢动，两三个小时过去了，小男孩的父母还没有回来，小男孩等慌了，等怕了，开始扯开喉咙，放声大哭。

仇晓梅叮嘱小男孩别动，她跑到车站对面的小超市给小男孩买了一把棒棒糖。有糖吃了，小男孩不哭了，一边吃糖一边看着仇晓梅笑。仇晓梅陪着小男孩在车站出口处等他父母，起初仇晓梅跟小男孩一样，以为他父母会来找他。他们等到月亮出来了，星星出来了，最后一班车进站了，乘客走完了，车站要关门了，还是没有等到小男孩父母回来——他们连小男孩父母的影子都没看到。

仇晓梅先是十分纳闷地想：这个世界上有这么粗心的父母吗，把自己小孩落下了，都不来领回去吗？难不成是出了什么意外？即使出意外，也不可能两个人同时出意外呀！

仇晓梅细思极恐：该不会是小男孩的父母不要他了，把他故意丢在车站了吧？

天已经黑透了，小男孩的父母大概率是不会回来了，要回来，早就回来了。没有办法，仇晓梅只得好人做到底，牵着小男孩走进附近小餐馆，要了两碗阳春面，先填饱肚子再说。仇晓梅特意嘱咐店老板，给小男孩那碗面里多加了一个荷包蛋。小男孩饿极了，面端上来，开始狼吞虎咽起来，那个碗很快就见底了，汤也喝了，仇晓梅又把自己吃到一半的面推给了小男孩。

吃完面，抱着侥幸心理，仇晓梅带着小男孩又去了一趟汽车站出口处，在那儿又等了一个多小时。有大人带着，有了安全感，小男孩已经不哭了。夜已经深了，街上行人稀少，暗淡的路灯躲避似的给他们光芒。最后，他们还是没有等到小男孩的父母，仇晓梅只好把小男孩带回自己家过夜。

次日清早，仇晓梅给小男孩做了一碗渔粉，下了一个荷包蛋，等小男孩吃完，带着他来到镇上，在汽车站出口处等他父母。仇晓梅天真地以为小男孩的父母会来找他的。太阳出来了，没有人来；日上三竿了，没有人来；太阳爬上头顶了，没有人来；在车站附近小餐馆吃完中饭了，没有人来；太阳偏西了，没有人来；太阳落下去，月亮和星星升起来了，没有人来；最后一班车进站了，最后一个乘客出站了，车站关门了，没有人来，他们垂头丧气地回去了。第三天，仇晓梅又带着小男孩来到汽车站出口处等，结果还是一样，仇晓梅越来越强烈地意识到：小男孩的父母大概率不要他了。

仇晓梅百思不得其解，这么聪明可爱的小男孩，怎么会被父母抛弃呢？那天晚上，回到家里，仇晓梅找到了答案。她给小男孩洗衣服，从他口袋里掏出来一张小字条，上面写着：请有钱的好心人收养，孩子 2013 年 12 月 4 日生，患有先天性心脏病，我们穷，凑不出钱给他做手术，又不愿意看着他死，谁收养他，他跟谁姓，我们来世做牛做马报答您！

读完字条，仇晓梅愣在当场，头昏脑涨，半天回不过神来。这张字条让仇晓梅明白过来：小男孩身患重病，绝望的父母把他抛弃了，他们不可能回来找他，接他了，只能自己带着他了！

仇晓梅一直以为自己怪可怜的，没想到这个小男孩比自己更可怜，他们俩是同病相怜。没有办法，仇晓梅只得带着他，走一步看一步了。既然小男孩的父母不要他了，仇晓梅就给小男孩重新起了个名字，希望他重新开始，重拾人生，由于自己姓仇，小男孩是捡来的，于是她给小男孩取了个新名字，叫仇拾。

身患重病，还被亲生父母抛弃，小男孩怪可怜了，仇晓梅想，既然碰到了，那就是缘分，以后哪怕自己再苦再累，都要为仇拾着想，不能让他吃苦，不能让他受累。两周后，这两个苦命人彻底相依为命了，因为仇晓梅的父母也出事了，没有了。

听到女儿金榜题名，为他们争气、为祖宗争光的消息，父母很高兴，特意请了一周假，从广东赶回来。他们把积攒的钱都取了出来，准备给女儿风风光光地办一场谢师宴，感谢学校老师对女儿的教诲，感谢这些年来邻里乡亲对女儿的照顾。

到县城正好是半夜，两个人下了火车，出了车站，打了辆出租车，准备连夜赶回去。没想到，半路上出车祸了，一辆装满沙石的大货车在拐弯处跟出租车迎面相撞，把出租车卷到车底，压成了铁饼，车上三个人当场死亡。

噩耗传来，仇晓梅惊呆了，其后很长一段时间，仇晓梅心如死灰，魂不附体。在邻里乡亲帮助下，仇晓梅给父母办完丧事，将他们埋在屋后山上，然后带着仇拾，逃离了家乡，到省城长沙上学读书来了。

那段时间，仇晓梅一直心情阴郁，十分自责和难过，以为是自己害死了父母，她一度想到了死，随父母而去。可看到仇拾，仇晓梅又犹豫了，心想：要是我死了，这个可怜的孩子怎么办？

在父母去世后，被悲伤笼罩的那段日子，仇拾成了仇晓梅活下去的坚强理由和有力支撑，看到被父母抛弃的仇拾，仇晓梅感到责任重大，并且渐渐摆脱了心理阴影，从痛失父母的悲痛中走了出来。她跟仇拾同病相怜、同命相系，都成了孤儿！既然上天这样安排了，那就既来之，则安之，他们一起相依为命，共同面对，共同承担。

虽然他们的未来面对很多不确定因素，但有一点，仇晓梅是清楚的，坚定执着的：她不希望仇拾被人欺负，被人抛弃了，她要为他遮风挡雨，他成长道路上的所有风雨和苦难，都由她顶着，由她来扛，她只希望他能够健康快乐地、无忧无虑地成长。

虽然仇拾的父母希望有钱人捡到仇拾，并将他抚养成人，但他们的算盘打错了，捡到仇拾的仇晓梅没钱——没钱可以想办法，努力赚钱。尽管仇晓梅不清楚心脏病会给仇拾带来什么可怕后果，然而，到目前为止，仇拾是健康快乐的，无忧无虑的，这让仇晓梅看在眼里，喜在心上，觉得所有付出都值了。

第三章

520女生宿舍毕竟是三个姑娘在长沙的家，是安放她们有趣的灵魂和美丽的肉体的地方，尽管她们能躲则躲、能避则避、能让则让了，可是自己的家被占了，发生冲突在所难免。风平浪静地过了一个月，"十一"国庆长假的最后一天，520女生宿舍突然刮起了风暴，而且还是龙卷风、沙尘暴。

七天国庆长假，如果一直在学校待着，520女生宿舍压抑的氛围肯定不合适，过得肯定不快乐，会让她们觉得这个假期白放了，甚至可能爆发大冲突。所以，三个姑娘一合计，跑到南岳衡山烧香、礼佛、旅游去了。她们在假期第一天大清早出发，最后一天下午才回来。

对南岳，她们是迫不及待地去，是无可奈何地逃。五岳中，南岳衡山是距离长沙最近的，两个钟头就到了，对南岳胜景，她们久仰了，确实想去，都还没去过，于是一拍即合。当然，她们也可以不去，如果仇晓梅和仇拾不在520女生宿舍的话。她们已经旁敲侧击地证实过了，仇晓梅告诉她们，她还没有把仇拾送回去的想法，国庆节，他们姑侄俩哪儿都不去，就在宿舍里，三个姑娘没有办法，只得去南岳。

一周南岳之行让她们很尽兴，该吃的吃了，该玩的玩了，该欣赏的欣赏了，该快乐的快乐了，真正做到了寄情山水、物我两忘，所有烦恼都抛到了九霄云外。姑娘们心满意足，拖着攀爬行走的疲惫回到学校，准备洗完澡，钻进蚊帐，钻进被窝，把自己放倒在小床上，美美地睡上一觉，驱逐疲惫，恢复精气神。推开宿舍门，映入眼帘的一幕，让她们目瞪口呆，血压飙升，出离愤怒了：仇拾一个人坐在地上，身边放着几本书，手里拿着一本书，正在津津有味地撕扯着。地上全是一张张被他撕扯下来的书页，有些书页被撕得粉碎。看得出来，他已经撕了很长一段时间了，地上白花花的，遍地都是，一片狼藉。

三个姑娘一眼就认出来了，仇拾撕扯的，正是她们的教科书和作业本，他手上拿的那本，是贺怡的。她们的教科书和作业本被仇拾撕得缺胳膊断腿，内页残缺不全，有的剩下一半不到。看到三个姑娘推门进来，仇拾并没有意识到自己的行为让姑娘们有多揪心，他咧开小嘴，真诚地笑了，跟姑娘们打招呼，手上的动作却没有停下来，像在挑衅。

看到崭新的教科书和作业本成了仇拾手下亡魂，三个姑娘花容失色，心都碎了，就像那些被仇拾撕得粉碎的教科书和作业本。

火山就是在那一刻爆发的，贺怡再也忍不住了，一个箭步冲上去，扬起手来，朝着仇拾的脸，掴了下去。只听到"啪"的一声，仇拾右边的脸颊立刻肿了起来，出现了五个红红的手指印。

贺怡一边打，一边厉声呵斥："仇拾，你这个有人生、没人管的孩子，谁叫你把阿姨的教科书和作业本撕碎的？"

仇拾不知道自己错在哪里，莫名被打，只感到脸上火辣辣地痛，又看到贺怡张牙舞爪、面目狰狞地骂他，吓得"哇"的一声大哭起来。

听到贺怡骂，听到仇拾哭，正在洗漱间给仇拾搓洗衣服的仇晓梅放下手里的活计，急急忙忙地出来了。看到仇拾脸上出现的红红的手指印，仇晓梅心疼极了，她一把拉起仇拾，护在怀里，睁大眼睛瞪着贺怡，怒气冲冲地说："贺怡，他还是个孩子，你怎么能够打他呢？"

"我是无缘无故打他吗？你看看他做了些什么？仇晓梅，你不管教他，我帮你管教！"仇晓梅既没有教育仇拾，也没有检讨自己看管不力，反倒质问起自己来了，贺怡更加气不打一处来，满脸不悦地回击，"看在他还是个孩子的份儿上，我们平时能忍则忍、能避则避、能让则让了，但今天我们已经忍无可忍了。你怎么不了解一下我为什么打他？仇晓梅，我是帮你在管教他，你看看，你小孩把我们的教科书和作业本都撕成什么样了？"

"我承认他错了，你打他，就对吗？你打他，撕碎了的东西就能复原吗？我是没有管教好他，但你不能跟三岁小孩一个智商，不分青红皂白吧。教科书和作业本碎了，我帮你粘起来！大不了，我赔你，拿我的赔你！可你不能出手打他呀，他还那么小、那么瘦、那么弱，你咋忍得起心、下得了手？"仇晓梅说。

"我替你管教他，我错了吗？现在不管，将来上房揭瓦，飞打飞杀，为所欲为，到时候你想管都晚了。仇晓梅，你说得轻巧，书和作业本都撕碎了，你怎么粘起来？我的教科书都根据我自己听课的理解在上面做了笔记，你怎么赔？我的作业跟你的作业，做得肯定不一样，你怎么赔？为什么你的教科书和作业本完好无损，我的教科书和作业本被撕？我看你是存心的、故意的，跟我过不去，我们有仇吗？你怕我学习比你好吗？这辈子我怎么碰到你了？我倒了八辈子霉了！"贺怡口不择言地说。

"贺怡，你不要昧着良心说话！我是故意的？存心的？你以为是我要他把你的教科书和作业本撕碎的？"仇晓梅也是义愤填膺，"贺怡，你是大人，有分辨能力，说话要过脑子！我看你是狗眼看人低，以小人之心度君子之腹！"

"好呀好呀，仇晓梅，我们是小人，你是谦谦君子？"林婉儿看不下去了，张开嘴，加入了战斗，"你的小孩把我们的教科书和作业本撕了，你不好好管教他，还说我们是小人，还骂我们狗眼看人低，还有没有天理？有你这样教育小孩的吗？我看是上梁不正，下梁才歪，你们母子俩是沆瀣一气，狼狈为奸！"

"就是，就是！仇晓梅，你再这样不识好歹，糊里糊涂地惯着他，不仅害了我们，也会害了他！你应该感谢我们帮你管教他！"肖小燕也不甘落后地加入了战争。

看到两个室友帮忙，形成三比一的局面了，贺怡更加理直气壮、得理不饶人了，进一步将战事升级了，她一个箭步，蹿到仇晓梅书桌前，伸手一扫，桌上那些码得整整齐齐的书和作业本掉落在地，仇晓梅那瓶墨水也掉落下来，砰的一声破碎了，墨水飞出来，溅了一地，既把仇晓梅的书和作业本弄脏了，也把姑娘们膝盖以下的裤脚弄脏了。她们的裤脚溅上墨水，黑黑的，星星点点，密密麻麻，就像青春美少女洁白无瑕的俏脸上突然冒出来的一层星罗棋布的青春痘，难看死了。

　　贺怡心疼自己的新裤子，那条新裤子还是白色的，是她在南岳旅游，晚上逛街的时候新买的，当时她一眼就看上了，很喜欢才买的，一买就穿上了。可这是贺怡自作自受，怪不得仇晓梅，也怪不得仇拾，却让她心里更烦，情不自禁地吼了起来，声音歇斯底里："他奶奶个熊，这个宿舍，我真是没办法待下去了，仇晓梅，要么你们母子俩搬出去，要么我们仨搬出去——你不主动，我们找学校来断，学校断到谁搬就谁搬！"

　　"对对对，仇晓梅，这是我们的共同心声，也是我们的底线，要么你们母子俩搬出去，要么我们仨搬出去——实在让人忍无可忍了！"肖小燕和林婉儿觉得贺怡的提议很合她们的心意，也没有批评贺怡打翻墨水瓶把她们的裤脚弄脏了，在她们看来，所有这些都是仇晓梅和仇拾母子惹的祸，如果不是因为仇拾，这一切都不会发生，她们的520女生宿舍风平浪静，大家可以和睦相处、亲如姐妹。

为维护自己利益和遵从本心感受，肖小燕和林婉儿义无反顾地站在了贺怡那边，旗帜鲜明地附和起来。确实，贺怡吼出了三个姑娘的心里话，她们已经隐忍很久了，谦让太多了，她们实在不愿意再这样继续下去，只要有仇拾这个小男孩在她们520女生宿舍，这种麻烦和折磨就不可能断绝，就会时时有、处处有、人人有，她们520女生宿舍就没办法过上太平、安定、幸福、浪漫的大学生活。

她们520女生宿舍已经分成泾渭分明，不，是水火不容的两派，其中一方搬出去，另一方留下来，这是最好的解决方案了。但是哪一方搬出去呢？

仇晓梅也愣住了，贺怡的这个要求合情合理，并不过分。带着仇拾住进520女生宿舍以来，仇晓梅一直心存侥幸，就没有想过这个问题，因为她不能想，也不愿想，现在既然被贺怡当着大家的面提出来了，她就不得不面对了。

如果真要有人搬出去，那肯定是她和仇拾，因为她住在520女生宿舍是天经地义的，其他三个姑娘住在520女生宿舍也是天经地义的，组织赋予的，班上支持的，系里支持的，院里支持的，学校支持的，无论找谁来评，她们都占着理儿；仇拾住在520女生宿舍是名不正、言不顺的，而仇拾是她带进来的。

如果非要她和仇拾搬出去，他们能去哪呢？在这个繁华的省会城市，他们举目无亲，离开了520女生宿舍将寸步难行，他们只有520女生宿舍这个地方可以落脚立足、容身，眼看就到深秋了，天气凉了；眼看冬天就要来了，天气转冷了，日子更加难过了，离开520女生宿舍，即使流落街头，睡公园，都不是时候了。

退一万步讲，从520女生宿舍搬出去，即使有地方落脚，自己要上课，要勤工俭学，谁来照看仇拾呢？万一他走丢了怎么办？万一他被人欺负了怎么办？万一他突然病发了或者出其他意外了，怎么办？

520女生宿舍，显然是最好的去处，住在520女生宿舍，显然是最好的安排。虽然大家不和睦，却彼此有个照应，几个女生争归争、吵归吵，都是陈谷子烂芝麻的小事，都是人民内部矛盾，可以调和；仇晓梅不信，万一哪天仇拾病情发作了，自己不在场，其他姑娘会见死不救、袖手旁观！虽然平时她们有矛盾，但到了关键时刻，她们肯定会挺身而出的，这个仇晓梅有把握。

造成520女生宿舍不睦的根源都在仇拾这儿，如果不是因为仇拾，这一切都不会发生！作为仇拾的监护人，仇晓梅自知理亏，她不再争辩。当然，仇晓梅感到很委屈，也很心疼仇拾，仇拾是个三岁小孩，啥都不懂，一直都是他作孽，她受过，分工明确，他们同病相怜、相依为命已经有一段时间了，母子连心，他们俩就像真正的母子那样同呼吸、共命运，紧紧地连在一起了。

仇晓梅把仇拾抱起来，搂在怀里，两个苦命的人一起哭了。他们都泪流满面，小人是因为被打痛了，被吓坏了；大人是因为委屈，因为无奈。只是小孩的哭声很大，肆无忌惮，撕心裂肺，整栋宿舍楼都听得见；大人哭声很小，甚至没有声音，连仇晓梅自己都听不见，只有眼泪，只有奔流纵横的眼泪。两行眼泪在重力作用下，顺着仇晓梅的脸颊顺流直下，滴落在地上，吧嗒有声，和着仇拾的哭声，此起彼伏。

都是善良的人，都是心软的人，母子俩抱头痛哭、备受委屈的场景，让其他三个姑娘内心不安，觉得过分了，得见好就收了，她们互相看了看，心领神会，于是放下行李，俯身捡起地下零乱的书本，手忙脚乱地换下被墨水溅脏的外裤，相继出去了。

当然，离开520女生宿舍，并不意味着事情到此为止，告一段落了，事情还没有解决，郁积在她们心里的气还没有消散呢。

三个姑娘在女生宿舍楼下会合后，肩并肩，同仇敌忾，却又漫无目的地走在校园里，她们你一言我一语地数落着仇晓梅，发泄着心中的怨气。

已经深秋了，有点儿凉快，秋风吹来，发黄的树叶从枝头脱落剥离，在秋风中旋转着飘落，在地上打着滚，停不下来。国庆长假和南岳之行给她们带来的心情愉悦已经随风飘落，在地上翻滚，跟那些发黄的树叶一起。

"你们说，我们咋就这么倒霉，碰到这样一件棘手事，碰到这样一个自私自利的室友！"贺怡说，"不知道这种暗无天日的日子，什么时候是个头呀！我都快崩溃了，要抑郁了！"

"是呀，在今年新生中，我们最倒霉了。难道这就是我们的大学生活？高三的时候，我对大学生活无限向往和憧憬，拿到录取通知书，我以为终于熬到头了，要迎来美好的、充实的、浪漫的大学生活了，可以面朝大海、春暖花开了。结果万万没想到，我们的大学生活被他们母子俩毁了，至少到现在，一点美好、一点浪漫都没有，在520女生宿舍就像在噩梦中一样，这个噩梦绕不开，挥不去，缠着我们不放！"肖小燕说。

"可不是嘛，520女生宿舍本来是学校分给我们的宿舍，是我们的温馨家园，是我们神圣不可侵犯的领地。现在却平白无故地多出来一个小男生，他再怎么小，都是个男生，都是男女有别，让我们太不方便了，让人提心吊胆！"林婉儿说。

"是呀，是呀，关键是这种日子刚刚开始，看不到尽头，离结束还遥遥无期，说不定我们大学四年就要一直这样过下去了。不瞒你们，我内心都要崩溃了。早知如此，我就不报这个大学了！能进这个大学，很多大学我们都可以去了！"贺怡说，"仇拾是一天比一天大、一天比一天懂事，我们是一天比一天难堪、一天比一天难过，不可能轻松舒适，只有更糟更重。再继续这样下去，我们的四年大学生活真要被他们毁了，我们得想办法改变现状！"

"她一个女生，未婚先育，把自己小孩带到学校来，跟班主任讲过没有？跟系里面讲过没有？跟院里面讲过没有？跟学校讲过没有？虽然她是我们的室友，但520女生宿舍是我们的共同宿舍，不是她一个人的，她把自己小孩带过来，也没有跟我们商量，没有征得我们同意！"肖小燕说，"这种事情，我们管不了，学校不可能不管吧！我们找班主任去，看看班主任怎么说！"

"如果是我，没有结婚就生孩子，肯定要藏着掖着，哪敢像她这样光明正大，公然对抗公序良俗。走，找班主任去！我们已经忍无可忍，走投无路了。不是我们爱打小报告，是我们实在没有办法了，只有找学校出面！"林婉儿说。

在学校里，自己解决不了的问题，找学校出面，是个好主意，是条好路子。三个姑娘说做就做，她们临时改变了行走的方向和路线，向着教职工宿舍楼走去。

她们的班主任华老师是个不到三十岁的年轻人，今年刚从北京师范大学博士研究生毕业，教她们思想政治课，兼做她们班主任。华老师中等个子，鼻梁上架着一副小金丝框眼镜，绕着两瓣嘴唇的胡子被刮得干干净净，呈黛青色；华老师皮肤白皙，温文尔雅，书生味道就像长沙臭豆腐一样浓。

华老师住在教职工楼临时性、过渡性的单身宿舍里。那宿舍面积比520女生宿舍大点儿，却大不了多少，让姑娘们羡慕的是，她们520女生宿舍住四个人——实际上却住了五个人；华老师宿舍住一个人。520女生宿舍住四个人已经很拥挤了，现在住五个人，就更拥挤了，五个人同时在的时候，差不多没有剩余空间了，让人感到局促、压抑——她们羡慕华老师有自己的独立空间，可以读书、做作业、做饭炒菜，拉上窗帘，光着身子走来走去，做自己喜欢做的事情，自由自在，没人打扰，她们什么时候才会有自己的独立空间呢？

宿舍里有一张单人床，床上叠着整整齐齐的被子和枕头，跟她们军训时一样；窗边摆着一张书桌，迎着透过窗户照进来的光线，很敞亮；窗台上放着一株君子兰，君子兰花开了，只有一朵，淡蓝色，散发出淡淡的幽香。床头靠墙处有一个书柜，里面摆满了各种各样的书，有文学经典，有马列教材，还有弗洛伊德和尼采。

这是三个姑娘第一次到班主任宿舍来。她们顺着门牌号码一路找过来的时候，华老师正在埋头批改作业。听到姑娘们有礼貌、有节奏的敲门声，华老师清了清嗓子，正了正声音，中气十足地喊道："谁呀，请进!"

姑娘们应声推开门，潮水一样拥了进来。

看到自己班上的学生来了，华老师很高兴，连忙站起来，招呼她们三个坐在三条塑料凳上，然后取出三个一次性纸杯，抓了一把茶叶，依次放进三个纸杯里，给她们倒水泡茶。

很少有女生来华老师宿舍，她们是华老师住进这个宿舍以来的第一拨女生。华老师喜欢去教室跟大家说事，他不提倡女生来宿舍找他，尤其是女生单独来宿舍找他，他怕别人说闲话。像三个姑娘这样结伴地来，华老师是欢迎的，因为不会给人想象空间。可是，他的单身宿舍有点儿小，坐也好，站也好，人多了挤不下，所以，不宜把客人长久地留下来。既然姑娘们来了，肯定是无事不登三宝殿，就得关心一下，跟她们聊聊天，问问她们在学校的情况和感受。

"你们当中，只有林婉儿是长沙郊区的吧?"华老师说，"贺怡和肖小燕是外地来的吧?"

"华老师好记性!"三个姑娘说,"把我们的情况记得清清楚楚!"

"班上就三十多个学生,作为班主任,哪有不清楚的?"华老师说,"贺怡和肖小燕离乡背井,都是第一次出远门,都是第一次离父母这么远、这么久吧?湖南夏天湿热,冬天阴冷,爱吃辣,口味重,水土和饮食差别大,吃得习惯吗?住得习惯吗?想家了吗?"

三个娘娘觉得好笑,华老师像例行公事地审查呢,缺乏人情味,但她们忍住了,没有笑,因为她们是来找华老师解决问题的。

"吃得还可以,湖南菜虽然辣了点,味道却不错,刚开始,我们不适应,现在习惯了,喜欢了!"贺怡说。她抬头看了华老师一眼,鼓起勇气,继续说,"在住的方面,华老师,我们一言难尽,天天噩梦,我们一刻都不想在520女生宿舍待下去了!"

"天天噩梦,见鬼了?不至于吧!"华老师十分吃惊,不解地说,"做噩梦是精神问题,不是条件问题吧!你有没有去看过医生?哪儿的大学都是集体宿舍呀,条件肯定没法跟你们在家时比,也不会有鬼,你们要慢慢适应!"

肖小燕说："华老师，贺怡说得没错，我们感觉住在520女生宿舍，每天都像在坐牢，我们宿舍跟监狱没什么区别！"

华老师不相信地看着三个姑娘："大家都住集体宿舍呀，宿舍的硬件设施都差不多，不应该呀！你们现在是大学生，不应该要求那么高！现在没有高考压力了，我看你们又相处融洽，什么事都一起行动，应该感到轻松快乐、生活充实、丰富多彩才对。难道这个大学不是你们心目中的理想大学，失望了？"

"那倒不是，华老师，这个学校比我们想象中还好，这个专业也是我们自己喜欢的专业！"贺怡说。

"既然如此，那就且行且珍惜，多学本领，多长才干，把握每一天，让自己大学生活过得充实，为以后走上社会、报效国家夯实根基！"华老师说。

"华老师，我们也是这样想，也在这样做。关键是我们没办法过好每一天，甚至感到度日如年。"贺怡说，"我们宿舍有四个女生，今天到您这儿来，只有三个，您不觉得有点不正常吗？"

"对了，我还纳闷呢，你们宿舍还有一个女生叫仇晓梅吧，她怎么没来？你们仨跟仇晓梅闹别扭，吵架了？我看仇晓梅喜欢安静，性格也温柔，不是一个多事的人呀！你们说说看，这到底是怎么回事！"华老师说。

"华老师，您是慧眼，什么事都瞒不过您！"贺怡说，"我们仨刚刚跟仇晓梅大吵了一架！跟她吵架已经不是一次两次了，要不是我们让着她，我们宿舍可能要一天一小吵，三天一大吵，鸡飞狗跳！不瞒华老师，我们一回到宿舍，看到她，就想跟她吵架，忍都忍不住！"

"你们是同班同学，是室友，怎么能处成这样呢？仇晓梅就那么不好相处？在同一个屋檐下，不要把关系弄得太僵了！你们要多宽容、多体谅，能让则让、能忍则忍，没事不要找事，有事要大事化小、小事化了！"华老师说，"你们都是大学生了，有知识，有文化，有思想，不用我给你们讲大道理。与人相处，要看到人家的长处，不要放大人家的短处。据我所知，仇晓梅的性格和心眼不错，就是话不多，爱安静，骨子里有点倔强！"

"华老师，您看我们是没事找事的人吗？如果我们多事，我们早过来找您了！我们也想跟仇晓梅好好相处，和和睦睦过日子，把关系处好，把大学读完，不给学校添麻烦！

可是，我们实在没办法忍受，只有跑到您这儿来求助了!"贺怡说。

"就是，就是，华老师!"肖小燕和林婉儿连声附和，"我们俩的意见和感受跟贺怡一模一样，贺怡说了，我们就不重复了!"

"你们宿舍到底咋了？仇晓梅到底咋了？一个宿舍的，应该亲如姐妹，怎么弄得水火不容呢?"华老师说。

"华老师，不是我们多事，我们宿舍有个特殊情况，您可能不知道，所以，我们过来向您反映，请您出面帮我们协调!"林婉儿说。

"什么事情，你们自己不能内部解决，要找老师出面？情节那么恶劣，性质那么严重?"华老师说。

"我们520女生宿舍住了五个人！仇晓梅不是一个人，她还带了一个男生跟我们一起住，让我们很不适应、很不方便!"肖小燕说。

"啊？她还带了一个男生跟你们住一起？有多久了？你们怎么不早说?"华老师大吃一惊，表情和语气都严肃了起来。

一个大一女生带着一个男生跟其他姑娘住在一个宿舍

里，成何体统？

"对不起，华老师，是我口不择言，没有表达清楚，让您误会了！"肖小燕连忙纠正，"准确地说，不是一个男生，是一个小男孩，现在三岁了，尽管他可能什么都不懂，可他的存在确实让我们很不习惯，很难适应！"

"哦，原来如此——"华老师大大松了一口气，既认真又好奇地问，"一个什么小男孩？他跟仇晓梅是什么关系？"

"他们是什么关系，具体我们也不清楚。我们问过仇晓梅，她不愿意说，可能不好意思说。仇晓梅要那个小男孩叫她姑姑，可我们听到那个小男孩叫她妈妈。看来，他们的关系很复杂，但有一点可以肯定，仇晓梅对那个小男孩宝贝得不得了，就像母亲对儿子，我们三个就是因为那个小男孩跟仇晓梅闹翻了，他把我们的教科书和作业本撕了！"贺怡说。

"原来这样啊！那个小男孩应该不是仇晓梅儿子吧！仇晓梅才多大，她还是个大一学生，就有小孩了？我想那个小男孩可能在你们宿舍住一段时间，就会被他父母接走的。"华老师说，"更加具体的情况，你们知道吗？"

"我们不知道，仇晓梅自己不说，我们也没办法了解！"林婉儿说，"那个小男孩好像不愿意走，仇晓梅也不让他走，他从开学那天起就住在我们宿舍了，到现在都还没走的意思。至于他们是什么关系，仇晓梅什么都不说，一副很忌讳的样子，谁问她跟谁急！"

"你们看有没有这种可能，仇晓梅是未婚先育，带着孩子上学来了？"华老师既像问三个姑娘，又像自言自语。

三个姑娘向他反映的情况，华老师没有听说过，也没有碰到过，这种情况出现在他班上，他不知道如何是好了，但确实很棘手，难怪姑娘们不得不来找他。

"综合目前各种信息来看，应该是这样！"贺怡说，"关键是，华老师，您不知道，那个男生可淘了，相当淘，他爱闹爱哭，动不动就把我们的教科书、作业本撕碎，有时候还突然掀开我们的蚊帐，钻到我们床上来，让人防不胜防，而且屡教不改，我们实在不愿意跟他们母子在一个宿舍住下去了！"

"你们反映的这个情况，我大致知道了。这个问题，确实是个大问题，学校出面帮你们解决。这样吧，你们先回去，这些天，能忍则忍，能让则让，能避则避，毕竟仇晓梅带的是个小孩！我找仇晓梅先了解一下情况再说。"华老师说，"我向你们保证，学校会想办法，把这件事情妥善处理好，让你们有一个安心的、和睦的宿舍环境，过上愉快的、难忘的大学生活！"

"那就太谢谢华老师了，我们静候佳音，如果可以，我们希望越快越好，再拖下去，我们宿舍还会吵架的！"三个姑娘异口同声地说。

从华老师宿舍出来，走在校园里，三个姑娘兴奋极了，她们看到了问题解决的曙光。在学校这一亩三分地，遇到挫折，碰到困难，找老师，准没错，就像在大街上遇到麻烦找警察一样。

受到委屈了，心里郁闷了，找个对的人，坦坦荡荡地说出来，心里的气就烟消云散了，好受了。这就是我们需要朋友，需要知音的原因；朋友竖起耳朵，听你倾诉；知音掏心掏肺，给你安慰。

三个姑娘在校园里走了一会儿，渐渐心平气和了，她们感到路边的花草树木，学校里的楼宇建筑，路上来来往往的人群，都是那样亲切，那样可爱，那样美好！

"走吧，一起去吃大餐，我请客！"贺怡说，"这个问题终于要解决了，真让人高兴！"

"好呀，好呀！贺怡，你不说，我倒不觉得饿，你一说，我的肚子在咕咕咕地叫了，嘴巴也馋了，开始难受了！"林婉儿说。

不知不觉，天已经黑了，万家灯火次第亮了起来，点亮这座美丽的城市，让一切都被光明和温暖笼罩。

校门两侧，只要有空地的地方就摆有桌椅，人声鼎沸，热闹非凡，各种美味佳肴散发着香气跟食客们的谈笑风生搅在一起，又随风飘荡，扑面而来，刺激着人的嗅觉和味蕾，成为最活泼生动、引人入胜的招揽生意的广告。

第四章

　　三个姑娘离开后，热闹拥挤的教师单身宿舍又变得冷清安静起来，就像大风吹过后，重新平静下来的树林，蕴藏着深不可测的思想。听姑娘们絮叨的时候，华老师已经意识到此事的严重性，后来他越想越觉得此事非同小可，甚至成为520女生宿舍的一颗定时炸弹，必须高度重视起来，并且要定点排除，否则，后果不堪设想，甚至要出乱子。

　　当然，作为班主任，不能武断，听信一面之词，华老师要知晓班上每个学生的具体情况，照顾到每个学生的具体情绪，更要防患于未然，将各种潜在风险隐患消灭在摇篮中。华老师已经隐约感觉到，如果他不能够果断出面协调，及时解决争端，再过一段时间，矛盾积蓄和引爆就不只是吵吵架、斗斗嘴那么简单了，有可能激化升级，闹得不可收拾。

化解矛盾、解决争端永远宜早不宜晚，宜快不宜慢，宜小不宜大，否则，积重难返，成本高，代价大，更难化解。尽管还没有很好的思考和想法，华老师在三个姑娘走后第一时间给仇晓梅打了个电话，请她来自己宿舍一下，他准备跟她好好聊聊，听听她的想法和意见。双方争吵，向评判方介绍情况，一般都会隐瞒或缩小对自己不利的方面，夸张放大对自己有利的方面，所以，容易兼听则明、偏信则暗——华老师要弄清楚事实真相，找到问题源头，尽量做到因人制宜、因地制宜、因时制宜。

只有弄清真相，找到源头，才能做到釜底抽薪，一劳永逸地解决问题。仇晓梅及那个小孩正是520女生宿舍爆发争端的源头活水，必须切断源头，分流活水，让类似争端不再重现。

接到电话，仇晓梅已经意识到华老师为什么要她过来了，她推迟了半个钟头才姗姗来迟，虽然在掩饰，但她脸上还是写满了忐忑不安。仇晓梅只想逃避，不敢面对，实在不好意思再拖下去了，仇晓梅才不得不去找华老师。

华老师看出了仇晓梅的紧张和担忧，给她倒了一杯茶，希望她镇定下来。茶是学生家长自己种的，给他带来的家乡特产，是云南普洱茶，有相当年份了。茶叶沉底，茶水油一样金黄透亮，热气蒸腾。随着热气飘散，茶香弥漫了房间，每个空气颗粒都是香的。端着茶，感受玻璃杯的温度，抗拒着茶的清香，仇晓梅迟迟没有动。她不知道华老师是什么意见，对她和仇拾来说，华老师意见十分关键，基本上代表了学校的态度，等待她和仇拾的将是何去何从的选择。

也许华老师的意见，让她和仇拾雪上加霜，处境更加艰难——只要循着华老师的身份猜测，就会得出这样的结果。当然，仇晓梅打算装聋作哑，只要华老师不问，她就不会主动说，她跟仇拾能赖在520女生宿舍一天就一天，实在赖不下去了再说。如果华老师问起来，她和仇拾将退无可退，确实得想其他办法了，那就搬出520女生宿舍，去外面租房。去外面租房要钱，仇晓梅身上没有，既然华老师帮其他三个姑娘解决问题，那她也得顺汤下面，找华老师帮她和仇拾解决问题，她准备向他借两千块钱租房应急，以后勤工俭学，赚到钱了再分期还给他。虽然仇晓梅再苦再难都怕向别人借钱，可她总不能被撵出520女生宿舍，带着三岁的仇拾睡大街、睡公园、睡火车站、睡屋檐下。

当然，要是华老师不说，仇晓梅自己不会主动提，可她心里跟明镜似的，对她和仇拾来说，缓解520女生宿舍冲突升级的最好办法，就是她带着仇拾离开520女生宿舍，让给其他三个姑娘。其实，只要仇拾离开了520女生宿舍，仇晓梅跟其他三个姑娘的关系就立马峰回路转、春暖花开了，她们是同学、是室友，考在一个大学，分在一个班、一个宿舍，是缘分，她们之间没有与生俱来的矛盾，没有不共戴天的仇恨，完全可以放下芥蒂，处成姐妹，处成闺密。

事实上，三个姑娘不是撵仇晓梅走，仇晓梅不是她们眼中和心中的异类，她完全可以留下来；她们眼中和心中的异类是小男生仇拾，她们只是给仇晓梅压力，希望她想办法把仇拾弄走。可是仇晓梅做不到，她是不能放下仇拾不管的。

"晓梅同学，半小时前，你们宿舍其他三个姑娘到我这儿来了，她们把你们宿舍的情况给我说了，我把你叫过来，是想听听你的意见和想法，看有没有更好的解决办法。"华老师故作轻松地说，作为班主任，他希望大事化小、小事化了。解铃还须系铃人，这个问题是仇晓梅带来的，得让仇晓梅自己意识到问题，主动解决问题。在华老师看来，解决520女生宿舍矛盾最好的办法就是让仇晓梅把仇拾交给家人带走。

"嗯，华老师，其实您打电话要我过来，我就已经意识到是怎么回事了！"仇晓梅说，"上午，我的室友从南岳旅游回来，跟我吵了一架，她们把我们骂了，贺怡还动了手，把仇拾打了——仇拾还只是一个三岁小孩！"

仇晓梅不清楚三个姑娘在华老师这儿是怎么描述的，有没有添油加醋，把她和仇拾说得一无是处，她只好被动防御，阐述事实，占据有利地形，据理力争。在仇晓梅看来，无论发生了什么事情，一个成年人动手打一个小孩子肯定是不对的、没有道理的。虽然仇拾淘，做错了事，触犯了她们的利益，指出来、教育一下是可以的，但动手打人是不对的，她都不舍得动他一根手指头，别人就更不行了。

"晓梅同学，大人打小孩确实不对！"华老师尽量缓和语气，为520女生宿舍的争执降温，为仇晓梅消气，"但是，无风不起浪，你说说看，你全心全意地维护的那个孩子究竟是怎么回事？"

"他是我的孩子，我不能没有他，他更不能没有我！"仇晓梅说，"他才三岁，什么都不懂，我是他的监护人，有事她们可以找我，甚至骂我打我，但欺负他不行，谁都不能欺负他!"

"如此说来，他是你的小孩了?"虽然有了充分的心理准备，可从仇晓梅嘴里得到证实，华老师还是怔住了，"如果我没记错，你今年才十九岁呢，你什么时候生的他?"

从华老师的表情和语气看，仇晓梅知道他误会了，连忙解释："华老师，那个孩子不是我亲生的，但跟我亲生的没什么两样，我把他当作我亲生的了。他是我捡的，他把我当妈妈了，我也把他当亲生儿子了。他有心脏病，不能情绪太波动。因为有病，他父母把他丢了，我把他捡了。我来上大学前，我父母出车祸死了，我没有其他家人了——只要有家人，我就不会把他带到学校来了。现在，他是我唯一的亲人，我是他唯一的亲人，我们娘俩相依为命!"

"哦，原来是这样!"华老师如释重负，敬意油然而生。要是像仇晓梅说的这样，问题性质就不一样了，事件的性质就不一样了，看来仇晓梅不是三个姑娘所说的和自己想象的那样是一个自私自利、生活不检点的女生，她是一个富有爱心和责任感、品德高尚、敢做敢当的女生。

华老师情不自禁地多看了这个瘦弱的女生一眼，没错，在这副瘦弱的躯体里包裹着一颗伟大的灵魂，作为班主任，他感到自豪，感到高兴，感到责任重大。仇晓梅自己还是个孩子、是个学生，还需要父母疼爱和照顾，她完全可以对那个孩子不管不顾，没有人怪她；她捡他的时候，有更多更有资格更有能力、已经走上社会、能够独立自主的人更适合去做！可是他们怕麻烦没有去做，仇晓梅毅然决然地承担起了这个重任，这对一个女生来说，意味着什么，需要多大的勇气？她付出的，极有可能就是一生的安宁和幸福！即使他这个已经走上社会、拿着一份不错的工资、能够完全自食其力的人，遇到这种事情，也不一定能够挺身而出、承担责任的，因为他需要面对的太多了、考虑的太多了，至少他在谈恋爱，他得考虑女朋友的感受；他还是刚走上社会的孩子，他还得考虑父母家人的意见。

"晓梅同学，这件事情，你有没有告诉你们宿舍其他室友？有没有跟她们沟通过？有没有争取过她们的理解？"华老师问，"把事情说清楚了，结果可能就不一样了。她们三个人想当然地认为仇拾是你的孩子，误会就这样产生了。我们生活中，很多误会的产生，都是因为看问题只看到表面，没有弄明白真相。要是她们知道真相，那就会同情你们、尊重你们、容纳你们，甚至帮助你们，心甘情愿地跟你一起照顾仇拾——你们520女生宿舍的气氛就会发生根本变化！"

"算了，华老师，谢谢您的好意，我不希望我的室友为做过的事情后悔，我不希望我和仇拾，尤其是仇拾活在别人的怜悯中！"仇晓梅说，"照顾仇拾，我一个人就够了，不用给她们添麻烦了——只要她们不嫌弃、不给我们添乱添堵，我就感激不尽了。仇拾就是我的孩子，我们也尽量少给520女生宿舍的姑娘们添乱添堵！"

"晓梅同学，你的心胸很宽广，你的人格很高尚，你的责任心很强，你超越了很多同龄人，我都很敬佩你！"华老师说，"以后你有什么困难和麻烦，尽管告诉我，我们一起想办法，共同面对！"

"有困难了，我还是自己想办法吧，华老师，我是一个留守儿童，十二岁开始住校，我习惯了一个人面对生活，克服困难。"仇晓梅说，"只是仇拾还小，很敏感很脆弱，被父母抛弃的事，对他打击很大，相当长一段时间他都自闭，好不容易走了出来。我希望给他一个健康快乐的成长环境，让他慢慢地忘记那些曾经的伤痛，不要因为他的身世影响了他的成长，所以，仇拾的事，我希望华老师暂时替他、替我保守秘密！"

"晓梅同学，我可以替你们保守秘密，但你也要处理好跟其他三个女生的关系，考虑一下她们的感受，缓解一下你们的矛盾，不要因为那个孩子跟她们闹翻了、弄僵了！你要考虑到那个孩子是个男孩，不是女孩，他在你们女生宿舍，确实有诸多不便，让其他女生有意见。你带着那个男孩住在520女生宿舍，毕竟不是长久之计，得想想办法。只要那个男孩在，你们520女生宿舍的矛盾就在，这是现实，不容忽视！"华老师说。

"嗯，华老师，谢谢您提醒！这个我心里清楚，我也会想办法处理好这个问题，但现在暂时不行，我没有钱在外面租房子，您得给我时间，也麻烦您暗中帮我做做她们的工作！"仇晓梅说。

"这个我会的！"华老师说，"晓梅同学，我今天刚好向学校要了一个勤工俭学名额，正不知道给谁呢！如果你不嫌弃，也抽得出时间来，我就把它给你了，我认为你比其他同学更需要这个名额！"

这是天上掉馅饼的好事，也是仇晓梅确实没有想到的，她是"三没"人员——没爹没妈没存款。她父母打工存下的钱给他们办丧事花光了，还带着一个孩子，她很需要这份工作。对仇晓梅而言，这个勤工俭学名额，不是锦上添花，而是雪中送炭。

"华老师，太谢谢您了！"仇晓梅说，"这个月底，我就没钱吃饭了，我确实需要这份工作，仇拾还小，需要照顾，我没有办法分身在校外兼职，能在学校里有份工作，把我自己和仇拾养活，那是再好不过了！"

"这份工作不复杂，也花不了多少时间，具体任务就是打扫你们女生宿舍楼下的环境卫生，早中晚各一次，我算了一下，打扫一次大概需要半小时的样子，一个月九百块钱。"华老师说。

"一个月九百块，这么多呀！"仇晓梅高兴得那颗心快蹦出胸膛了。她心里清楚，有了这一个月九百块钱，省吃俭用点，她跟仇拾就可以生活下去了，不用为一日三餐发愁了——前两个月，他们俩月均八百多，只要不请客，不买大件东西，他们俩一个月九百块够了，她自己可以吃差点、穿差点，过得去就行了，但仇拾正在长身体，得让他吃好点、有营养点，不要说顿顿有肉吃，至少得让他吃饱；不要说穿名牌时尚，至少得让他穿暖，别冻着了。

因祸得福，从华老师那儿出来，仇晓梅高兴极了，她正愁自己快断粮了呢，她父母留给她的积蓄，眼看就要花完了，她过得越来越紧张，越来越心慌。华老师给的这个勤工俭学名额，虽然不足以让她大富大贵，却可以让她自食其力，保障自己和仇拾不挨饿受冻了。人与人的关系是相互的，既然华老师这样为她考虑，帮她解决了燃眉之急，她就不能让华老师难做，她得主动替华老师着想，做出让步，为他排忧解难。

520女生宿舍走到今天这个地步，都是因为仇拾。既然贺怡、肖小燕、林婉儿认为仇拾在520女生宿舍让她们感到不方便、不舒服、不适应，那么，只要仇拾不在520女生宿舍了，问题不就迎刃而解了嘛。

尽管仇晓梅目前还没有在校内或校外租房的能力，但办法总比困难多，仇拾是个小男孩，如果能够找到一个男生接纳他，让仇拾在他那儿暂住一段时间，等自己手里有钱了，租得起房了，再在外面租房，把仇拾接过去，这是目前既能解决仇拾住宿问题，又能解决520女生宿舍矛盾的最优解了。

问题的关键是找谁呢？不得不说，无论找谁，对这个人来说，都是一个大麻烦、大包袱。在这个学校里，谁愿意替她承担这个大麻烦呢?

仇晓梅的脑袋叶轮一样飞快地转动起来,对叫得出名的男生一个个地筛选了一遍。因为是新生,仇晓梅认识的男生不多,最值得她信任、能够把这个烫手山芋接过去的就更少了。仇晓梅首先想到的是自己班上的男生,不行,真不行,他们没有一个值得她信任,没有一个跟她建立了那种较好较深、值得托付仇拾的关系。最后剩下来,只有华老师和曾枭了。

华老师条件不错,而且他自己一个人住,是最方便不过了,但据说华老师有女朋友了,他女朋友有时候来过夜。华老师的女朋友也是老师,在湘江对面的一所大学教书。让仇拾寄住在华老师那儿,显然不合适,甚至可能影响华老师跟他女朋友的感情,仇晓梅开不了这个口。

曾枭跟仇晓梅是一个专业、一个年级,隔壁班的新生,他们是一个县的老乡,他们是在从县城开往省城的火车上认识的,当时他们的座位紧挨着,曾枭把座位让给了仇拾,自己站着,这个动作给仇晓梅留下了深刻印象。于是,他们聊了起来,这一聊,十分投机。县城很小,一路上,他们聊到一些人和事,居然都有交集,有些老师、同学、朋友、亲人，他们都有印象，于是两个人的心理距离更近了。

有了这些关系，曾枭不是外人，是让仇晓梅觉得是这个学校里物理距离和心理距离最近的人，更让仇晓梅放心的是曾枭是知道仇晓梅带着小孩来上学的。开学后，曾枭没少来找她，帮她照顾仇拾，请他们吃饭。如果要说曾枭请他们吃饭的频率，至少每周有两次吧，弄得仇晓梅怪不好意思的，觉得自己欠了他似的。仇晓梅要回请，曾枭答应得好好的，三个人吃完饭，仇晓梅到柜台去买单，服务员告诉她，跟她一起的男生已经先她一步悄悄地把账结了，把单买了。吃完饭，他们仨还要在校园里散会儿步。仇拾走中间，仇晓梅和曾枭走两边，他们牵着仇拾的手，十分融洽，不知情的还以为是一家三口呢。

想着想着，心里阴霾散去，变得敞亮了；走着走着，仇晓梅不由自主地改变了前行的方向，她脚尖指向的，不是520女生宿舍，而是1314男生宿舍了。520女生宿舍热火朝天地吵过了架了，差点动了手，陷入了水深火热之中，见了对方都不舒服，解决这个问题已经刻不容缓了。再不解决这个问题，仇晓梅跟其他三个姑娘的冲突，不仅会继续，而且会变本加厉，变得不可收拾——下午，看到贺怡扇仇拾耳光，仇晓梅当即就想扇回去了，要仇晓梅忍一次可以，但她忍得了第一次，忍不了第二次，忍得了第二次，忍不了第三次，以后如果贺怡再打仇拾，她就要跟她好好干一架，虽然贺怡是西北女子，仇晓梅是江南女子，但她们个子块头都差不多，打起来谁输谁赢都说不准。

想到老乡曾枭，仇晓梅就像溺水者抓到了一根救命稻草、夜行者看到了前面突然出现的灯火，她把班上男生立即全盘否定了，她不希望班上男生都知道她还带了一个小孩来上大学，虽然纸包不住火，最后他们都会知道，有可能已经知道了，但能瞒多久就瞒多久，能不正面接触就不正面接触。

仇晓梅推门进去的时候，曾枭正在跟宿舍那帮男生胡吹海侃，他们既评价班上的女生，也评价那些性感的年轻女明星，偶尔提及某个风头正劲的女网红。看到漂亮女生指名道姓地找曾枭，其他男生又是惊讶，又是羡慕，他们向曾枭挤眉弄眼了一会儿，然后识趣地找种种理由出去了，宿舍里只剩下了曾枭和仇晓梅。

调皮是男生天性，他们出去的时候，都不忘回过头来，拿腔拿调地嘱咐："阿枭，大家都是年轻人，都处在谈恋爱的季节，不要辜负了青春好时光，你们慢慢聊，慢慢来，我们熄灯前不会回来!"

走在最后的陆贵"砰"的一声把宿舍门给拉上了,那声响亮的关门声是那样意味深长,让人浮想联翩。男生的话语和动作,仇晓梅只能装聋作哑,充耳不闻。她不是不明白,不是不懂风情,可眼下,她没有心思,也不想多说,她不是来找曾枭谈恋爱的,她来是找曾枭解决问题的。尽管在其他同学走后,宿舍里的气氛变得微妙起来,仇晓梅胡同里赶猪——直来直去地说:"曾枭同学,我有个比较棘手的事情要麻烦你了,你看行不行!"

仇晓梅的到来,就像一颗石子投进了湖心,在曾枭心里泛起了阵阵波澜。他是喜在心里,眉梢都在笑,见心仪的姑娘有事相求,他毫不犹豫地应承下来:"晓梅,什么事情,只要我做得到,你尽管吩咐,我全力照办,绝不打折!"

"仇拾能在你这儿借住一段时间吗?他在我们女生宿舍让其他几个女生感到不舒服,不适应,不方便!他是男的,在你们男生宿舍,可能好多了,但是得委屈你了,让你睡不舒服了。"

"好的呀,晓梅同学,予人方便,自己方便,何况是你家小孩,我不看僧面也得看佛面呀!"曾枭不假思索地说,

"其实呢，我也一直在想这个问题，可是你没有对我说，我也不好拆散你们！现在机会终于来了，我得好好表现表现。晓梅，你放心吧，我会照顾好仇拾的！"

"曾枭同学，那就太感谢你了，你给我解决了一个大麻烦！你放心，我多找两份兼职工作，多赚点钱，然后在学校或附近租个房子，尽快把他接过去。"仇晓梅说。

"哪里的话，晓梅同学，我们是老乡，亲不亲，家乡人。离开家乡，到了省城，我们就是一家人了，你的事就是我的事。你能想到我，过来找我，是我的荣幸，说明你没把我当外人。有麻烦了，我们一起面对；有困难了，我们一起克服。虽然我不能像你那样照顾仇拾，但我愿意跟你一起，出钱出力，为他快乐成长营造一个健康环境！"曾枭说。

"老乡见老乡，两眼泪汪汪，还是老乡靠谱，还是老乡让人感动！"仇晓梅哽咽地说。这是父母遭遇车祸两个月来，心情一直处在阴冷季节的仇晓梅听到的最暖心的一次谈话，遇到的最暖心的一个人，最暖心的一个老乡，最暖心的一个男生，仇晓梅感动得眼泪都流下来了。她情不自禁地张开双臂，热烈地拥抱了曾枭："谢谢你了，枭，你真是一个可以同甘苦、共患难的人！我都走投无路了，但在你这儿，我找到路了！"

曾枭也是第一次跟女生拥抱，他积极地回应了她，他把手绕过仇晓梅双肩，停留在她肩膀处，轻轻地拍了两下。

给曾枭的这个拥抱虽然是礼节性的、感激性的，却内涵丰富，仇晓梅触摸到了曾枭宽广的胸怀，觉得他确实是个值得信任的男生，如果可以，仇晓梅真想趴在这个宽广的怀里痛痛快快地大哭一场，酣畅淋漓地释放自己的委屈、艰辛和苦难——有时候，仇晓梅都觉得自己的天塌了，撑不下去了，她确实需要一段感情安慰自己；需要一个男人作为擎天柱，撑起她的天空。

其实，曾枭是表里不一，话是那么说，事得那么做，可他的内心却在做着痛苦的挣扎，犯着嘀咕：这个仇晓梅这么疼爱这个小孩，这个小孩跟她是什么关系？该不会是她儿子吧？仇晓梅这么年纪轻轻就做母亲了？

关于这个小孩跟仇晓梅的关系确实让曾枭倍感困惑，而且越来越困惑，这种困惑不是一天两天了，而是由来已久，从他们在火车上认识那个时候就开始了，而且随着他们感情的加深，困惑越来越大，让曾枭时常辗转反侧，难以入睡。

那天在火车上邂逅，看到仇晓梅带着个孩子，曾枭没有多想，他以为小孩是她侄儿或外甥，他送姑姑或者姨妈上学来了，过段时间就会被大人领回去——仇晓梅看上去那么年轻，那么单纯，哪像生过孩子的样子？但是，这种事情，仇晓梅自己不说，曾枭是不方便问的——毕竟他们的关系还没有那么深。后来，曾枭发现事实跟他幼稚的想当然南辕北辙，那小孩留在学校里，跟仇晓梅一起生活了，快两个月了，还没有回去的意思，现在仇晓梅还把他送到他这儿来了。由此来看，那个小孩跟仇晓梅的关系不是曾枭想象的那么简单——当然，他感谢仇晓梅对他的信任。

曾枭还没有女朋友，至少还没有名正言顺的女朋友，当然，他跟这个年纪的大学男生一样，已经萌生了找一个女朋友的想法。考上大学，拿到通知书，到省城来读大学，曾枭觉得第一件大事就是找一个女朋友，开始花前月下、卿卿我我的甜蜜爱情。找女朋友跟穿衣吃饭能将就就将就不一样，要看相貌，找感觉；要看人品，不得马虎。看不顺眼，没有感觉，那肯定不行；看顺眼了，心动了，人品差，经不起考验，那也不行。曾枭很想在同班同学或者女老乡中找一个，可是除了仇晓梅，暂时还没有一个让他入眼、让他心动的。

开学那天，从县城到长沙的火车上，曾枭遇到了仇晓梅，怦然心动了，一见钟情了。短暂的激动过后，冷静下来，想着仇晓梅还带着一个小孩，那个小孩还是仇晓梅生的，曾枭就把那份心思收敛了起来，不再轻举妄动了！

想想都头大，仇晓梅小孩都有了，肯定是有男朋友了，仇晓梅的男朋友甚至可以称作她的男人了！曾枭不得不痛苦地把这堆刚燃起来的感情火苗掐灭在摇篮中。掐灭感情火苗是痛苦的，感情的火苗一旦燃烧起来，要掐灭就难了。想仇晓梅想得难受的时候，曾枭一个劲地告诫自己：仇晓梅虽然漂亮，但是人品不端，生活作风有问题，小小年纪，小孩都有了，不是自己要找的人！

仇晓梅过来找曾枭帮忙，那堆烧得只剩下灰烬的感情火苗又死灰复燃了，尤其是仇晓梅给他的那个拥抱，让他产生了异样的感觉，他感觉自己的心融了、化了，愿意为她赴汤蹈火、做任何事情。

曾枭比较腼腆，也认为自己跟女生的拥抱很珍贵，尤其是跟女生的第一个拥抱，第一次接吻，第一次做爱。曾枭还没有跟女生拥抱过，包括高中毕业联欢晚会上，很多男生女生都拥抱了，有的是告别，有的是告白，但曾枭没有，他甚至都没有从座位上站起来。仇晓梅的拥抱让曾枭心悸心慌，那一刻，一股电流从心脏开始，顷刻袭遍了他全身。

当然，那股电流没有让曾枭迷失本性、丧失自我，他的困惑依然存在，是那样清晰，他一边高兴，一边心里不是滋味。仇晓梅来找他，没有找别人，是她对他的信任，证明了他在她心目中的地位和分量。仇晓梅那么漂亮，很多男生想要这个机会，仇晓梅不一定给呢，无论仇晓梅把这个机会给谁，都像买彩票中奖一样，这个忙，曾枭是义不容辞，必须无条件地帮，哪怕他们俩过去没什么、现在没什么，将来也不会有什么。

但是，仇晓梅跟仇拾到底是什么关系，曾枭确实放不下，把这个问题弄清楚，是自己和仇晓梅将来发生什么、如何发生的基础，具有决定性意义和作用。

那天晚上九点多，仇晓梅牵着仇拾，把他送到了1314男生宿舍。

为迎接仇拾到来，曾枭是费了心思、下了工夫的，他买回来一堆棒棒糖、两盒巧克力。寒暄了片刻，仇晓梅走后，曾枭给仇拾拿了两根棒棒糖、一块巧克力。

看仇拾吃得津津有味，曾枭觉得是时候了，不露声色地问道："拾拾，叔叔给你买的棒棒糖和巧克力好吃吗?"

"好吃。"仇拾说，"拾拾最喜欢吃棒棒糖和巧克力了。"

"你觉得好吃的话，只要听话，以后叔叔经常给你买。"曾枭说。

"叔叔对我真好，不像那些阿姨，她们老是骂我，还动手打我！"仇拾说，"叔叔跟我妈一样，是这个大学里对我最好的人了。"

"拾拾，你说什么？晓梅是你妈？"曾枭感到窒息，艰难地问，他感到眼前发黑。

"嗯，她是我妈。"仇拾一边吃着糖，一边甜蜜地回答。

这个话彻底断掉了曾枭对仇晓梅的朦胧念想，事情已经再清楚不过了，仇晓梅是有男朋友的，甚至可以说是有男人的，他要早点死了这条心，不要为一段没有结果的感情陷进去太深了。

夜已经深了，曾枭帮仇拾洗漱完毕，两个人脱了鞋，脱了衣，上了床，准备睡觉，因为仇拾太小了，两个人睡在一头。

床是单人床，只有一米二，平时曾枭一个人睡，不大不小，正好合适。现在多了一个人，曾枭不得不侧着身子，尽量为仇拾腾出空间来。把一只手搭在仇拾身上，曾枭情不自禁地想：要是没有这个孩子，要是仇晓梅没有男朋友，他就勇敢地向她表白，要她做他女朋友了。

　　事实是那样残酷无情。没错，这个孩子，关于这个孩子背后的故事，就像一座大山一样横亘在曾枭和仇晓梅之间。仇晓梅在山那边，曾枭在山这边，听不见声音，看不见人影。这座山海拔很高，山路很长，崎岖泥泞，就像蜀道一样。

　　抬起头，望着眼前这座大山，曾枭泄气了，他感到自己没有勇气去攀登，也没有力量去攀登。

第五章

　　放荡不羁的青春期，男生对女生的好感就像一匹脱缰野马，只要动了情，就会用心，时刻都在想着她，时刻都想见到她，时刻都想跟她在一起，哪怕跟她吵架，跟她生气。大一新生方明就被这样一种难以言说的情绪左右了，时刻在想着贺怡，只要醒着，哪怕睡了，做梦都在想；时刻都想见到贺怡，哪怕背影或侧影；时刻都想跟贺怡在一起，哪怕无所事事。

　　对贺怡，方明走火入魔了，她长长的秀发，她瘦瘦的脸颊，她长长的眉毛，她大大的眼睛，她高高的鼻梁，她小小的嘴巴，她薄薄的嘴唇，她尖尖的下巴，以及她不怎么挺拔的胸部，从两侧向中间凹进去的细腰，微微翘起的尖臀，匀称修长的腿……在方明看来，所有这一切，就像一个能工巧匠，恰到好处地安放在贺怡身上，组装成了一件惊世骇俗、惊艳无比的艺术品，并且让人沉浸其中、难以自拔。

在欲望和感情的双轮驱动下，方明在心中一遍又一遍地沙盘推演，准备积极行动起来，向贺怡准确无误地传递自己的心事。追女生没有紧迫感是不行的，漂亮的女生、优秀的女生不愁没人追；你不追别人追，等你明白过来，恐怕好白菜都被猪拱了。方明把时间定在那个周末，他打算先约贺怡吃饭，然后一起看电影，最后轧马路。在这个过程中，如果环境合适、气氛合适，他就对她说"我爱你"，他就要牵她的手，出其不意地亲她的脸——如果能亲到那两瓣让他想入非非的嘴唇，那是再好不过了，超额完成任务了，进展出乎意料了。

清晰的荷尔蒙味道从毛孔溢了出来，弥漫了方明全身。他紧张而兴奋地跑去520女生宿舍找贺怡。方明莽莽撞撞推门进去的时候，贺怡正在做面膜。一张裁剪成脸形的白纸一样的面膜把贺怡那张俊俏的秀脸严严实实地遮住了，只露出来两只大大的眼睛、两片小小的嘴唇，模样吓人，有点儿滑稽。

有些事，女人是忌讳被男人看到的，譬如做面膜，就像被突如其来的一阵调皮的风掀起了裙裾，被人看到了一样，方明进来，让贺怡陷入了尴尬之中。这种尴尬，写在脸上，贺怡的脸藏在面膜之下，别人看不到，只有贺怡自己知道面膜下面火烧火燎的，她恨不得找条地缝钻进去。

方明是第一次碰到女孩做这种事，闯进女生宿舍后，在原地愣了一阵，才反应过来，退了出去。方明原以为女生皮肤比男生好，是先天的，不是后天的。看到贺怡做面膜，方明突然明白过来，原来女生皮肤白皙娇嫩，在某种程度上，不是靠先天生的，而是靠后天养的，难怪贺怡的皮肤在她上大学前跟她上大学后短短两个月时间就发生了翻天覆地，甚至可以说是脱胎换骨的变化。刚上大学那阵，贺怡的脸色黑黑的，古铜一样反光。现在已经由黑变红，正向着白里透红的方向阔步前进，细嫩了，有弹性了。对比贺怡脸上肤色的变化，方明突然领悟了、开窍了：要让女生不讨厌你，送礼要送到她心坎上，女为悦己者容，那些为她颜值增光添彩，让她变得更美的护肤品、化妆品、首饰，才是最称心如意的选择，往往也能够产生四两拨千斤的神奇效果。

其实，贺怡和方明是老熟人了，他们约好了一起考进这所大学来的。能够考上这所大学，是他们频繁书信往来，电话沟通，互相鼓励，甚至两次见面后产生的结果。贺怡是个贫困生，家在大西北农村，父母务农，她排行老大，家里还有三个弟弟妹妹，全家人生活苦不堪言，喝口水都是苦涩苦涩的。贺怡能够读完初中、高中，考上大学，全仰仗方明父亲方向的资助。贺怡的学习成绩不错，在班上一直都是第一。可是按照她家的条件，读完小学，贺怡就要辍学了，要么帮助父母耕田种地、照顾弟妹，要么外出打工、努力挣钱、贴补家用，是方向无私地资助了她。方向一个学期给贺怡家五千块钱，并且郑重承诺，一直资助到贺怡大学毕业，参加工作，自己挣钱为止。

有了这层关系，恰同学少年的两个年轻人从初中时就开始了书信往来。他们像是两个世界的朋友，讲述各自的生活，也向对方倾诉各自的理想和心事。生活环境和城乡经历的千差万别，成功地吸引了对方，他们也为对方推开了另一个全新世界的门。初中毕业那年，贺怡考上了他们县最好的重点中学，为了奖励她、鼓励她，让她见世面、长见识，方向出钱，把贺怡接到了广州，在他们家待了两周。两个少年在一起度过了虽然短暂却十分难忘的一段时光，方明带着贺怡去了长隆动物园和方特欢乐世界，请贺怡吃了种类繁多、闻名遐迩的广州早茶，坐了惊险刺激的过山车，看了身临其境的3D电影。

　　高二那年暑假，两个少年第二次见面了。这次见面，为了教育方明，方向把方明送到了大西北农村贺怡家，让他体验和感受大西北贫困农村的穷困和艰难，磨砺他的意志，希望他珍惜当下来之不易的生活。方明在贺怡家待了一周，他原计划待两周，可他实在受不了那个环境的脏乱差，晚上睡觉还有跳蚤和蚊子，咬得他全身是包，奇痒难耐，双手挠都忙不过来。如果不是有贺怡在，如果不是父亲要他体验贺怡生活的苦，方明一天都不愿意待下去，他能够咬紧牙关坚持一周，已经是太阳从西边出来了。那一周，方明吃的、喝的、住的、玩的，没有一样称心如意，除了月亮出来的晚上，跟贺怡靠着麦秸堆，伸直腿，坐在地上，望着湛蓝如洗的天空，一颗一颗地数着星星——在大城市广州的晚上，很难看到星星，即使看到了，数量也不会太多，不用数，一眼就清楚多少了。

　　这段特殊的、难忘的友谊和经历，让方明明白了，贺怡不能在那个贫苦农村生活一辈子的，如果她不能通过读书考大学这条路走出来，那她这一辈子就毁了。方明鼓励贺怡，要好好学习，天天向上，一定要考上大学，跳出农门。就在那个假期，在西北农村的广袤大地上，他们望着深邃浩瀚的夜空，星辰闪烁的夜空，老成持重地谈起了理想，谈起了人生，他们相约一年后要考上同一所大学，在同一所大学里相见。贺怡成绩很好，方明成绩一般，但两地两校的教育质量差别巨大，高考结束，填报志愿，他们在电话里商量了半天，最后综合权衡，选择了两个人都有希望录上的学校。

高二那次短聚，方明返回的时候，贺怡把他送到了县城。火车要晚上才开，两个年轻人在县城里逛了半天，方明挑了一部华为手机送给贺怡。那部手机是小县城最好的一款，要两千多块。方向又给贺怡一次性充了两千块钱话费——这个话费已经足够贺怡高三两个学期用了，虽然手机在全国大范围普及了，但在贺怡的同学和朋友圈里还没有普及，没有什么人给她打电话，主要是方向和方明父子联系她，跟她聊天，了解她的学习和生活情况。

有志者，事竟成。录取通知发下来，他们俩如愿以偿，真录到一所大学来了。接到录取通知书，三个人都很高兴，方向和方明父子说去大西北农村接贺怡一起到长沙上学，但贺怡没有同意，她认为太远了，太辛苦了，往返奔波，没那个必要。但他们还是约好了，买了差不多在同一时间到长沙南站的高铁，人为地制造了一次美丽邂逅——方向和方明在站台等到了随后赶来的贺怡。这段经历，真是太美好了。没想到，他们还录在一个专业，分班的时候，还分在了一个班，他们成了大学同班同学。

上大学了，他们自然而然地成了同桌。方明经常给贺怡送东西，请她吃饭，改善生活，陪她逛街购物，跟她一起看电影——这是他零花钱开销最大的一笔，一切都理所当然，水到渠成。在同学们眼里，他们是班上最早开始谈情说爱的，可方明和贺怡自己清楚，将来他们可能会谈恋爱，现在他们的关系还没到那一步。虽然方明给贺怡送了很多东西，可是那个面膜不是方明送的，是他爸爸方向送的。碰到贺怡做面膜前，方明还不懂女生，送东西很难投其所好；碰到贺怡做面膜，方明开始顿悟了，懂事了，并且很快就触类旁通，举一反三，青出于蓝而胜于蓝，比他父亲方向强了。方明在网上时不时地给贺怡订购一些品牌化妆品、护肤品，以及女生们爱吃的坚果零食。为了不让班上同学笑话起哄，不让贺怡难堪难受，方明在网上下单时，直接把收货人写成了贺怡——520女生宿舍还以为贺怡是个网购狂呢，她差不多每天都能收到快递。

贺怡有一张漂亮的脸，脸上有精致的五官，就是肤色不怎么样。被西北高原上强烈的紫外线灼烧，被残酷无情的西北风吹弹，哪里还有好皮肤呢？进入大学两个月后，在护肤品和化妆品的呵护滋养下，贺怡脸上的皮肤开始蜕变，铜色皮肤褪去，鲜嫩皮肤长出来，就像枯木逢春，重新焕发出勃勃生机。现在她的皮肤虽然没有江南女生那样白皙娇嫩，却也不是当初那个素面朝天、饱经风吹日晒雨淋的西北农村乡下姑娘了。

方明进来的时候，520女生宿舍还有其他女生。女生可不比男生识趣，她们出门，不是说走就能走的，要化妆，要换衣，要准备很长时间；520女生宿舍是她们的隐秘空间，不欢迎陌生人闯入——就连仇拾那种什么都不明白的小男孩都不欢迎，方明不得不退出来，拉上门，老老实实地站在门口等候。三十分钟后，贺怡卸下面膜，化了妆，换了新衣服，披着长发，清清爽爽、漂漂亮亮地出来了。他们打算先去吃饭，再去看电影。贺怡身上的衣服是方向买的，上大学那天，他们报完名，办完手续，一起去了大商场，方向给两个年轻人各买了两套新衣服。化完妆，穿上合身得体的新衣服，贺怡变得漂亮多了、时尚多了，跟长沙的时尚姑娘没什么区别了，那个大西北农村乡下姑娘不见了。

校门口左右两侧和对面有很多排档，以湖南口味为主，经济实惠，好吃多样，尤其是水煮鱼、小龙虾、焖牛蛙，又鲜又辣，格外地道。初来乍到，他们虽然吃不惯，辣得嘴巴都肿了，却越吃越带劲，越吃越有味。当然，一边吃美味，一边喝点儿什么冲淡辣味，是最痛快的，就像神仙过日子。方明喝啤酒，贺怡喝饮料，周末了，贺怡也陪方明喝啤酒，贺怡的酒量比方明大，但贺怡不轻易喝酒。

吃饱喝足，马不停蹄地赶到电影院，卡着点儿，时间刚刚好。买了电影票，进了电影院，电影正在放片头广告。现在的电影，无论是国产片，还是好莱坞大片，都免不了用爱情做点缀，看到共鸣共情处，方明情不自禁地把脑袋凑向贺怡，在她耳边插两句恰到好处的点评，都是意有所指、有感而发。虽然方明声音小，电影声音大，贺怡听得不是很真切，可方明说了什么不重要，重要的是贺怡明显感到方明说话的时候，从鼻孔和嘴里喷出来的热气扑打在她敏感的脸颊上、脖颈上、耳垂上，让她感到暖暖的、痒痒的、酥酥的，一种异样的感觉和情绪在不知不觉中升了起来，让她陶醉，让她迷离。

电影进行到一半，男女主角在经过试探和婉拒后，开始拥抱和接吻，并向床边移动，手上也有了给对方解衣扯裤的动作。贺怡害羞，下意识地低下头，不敢直视屏幕。电影里面的场面让方明感到口干舌燥，他开始东施效颦起来。方明的眼睛盯着屏幕，靠近贺怡的那只手却不老实，有意无意地伸过去触碰贺怡的手。两只手一接触，贺怡就像触电一样缩了回去。方明不死心，锲而不舍地试探，贺怡反应越来越迟钝，反抗幅度越来越小，五六个来回后，方明如愿以偿地把贺怡的手抓住了，握牢了。贺怡试着抽了抽，方明没有让她抽出来。贺怡不再挣扎，任由方明握着。这么一握，就是很久，贺怡不再往外抽，他们的手心都出汗了，湿漉漉的。电影结束，观众起立，开始往外走。两个人不得不松开手，从座位上站起来，随着人流往外走。

方明意犹未尽，提议去吃消夜。贺怡说，晚上吃太多了，两小时电影看完，肚子还是圆滚滚的，消夜就不吃了。方明说，那就走走，去田径场走走。贺怡不想去，可是她的手被方明紧紧地攥着，拗不过，她不得不跟着方明向田径场走去。对贺怡来说，方家对她有恩，有大恩，她能有今天，方向给她提供了物质保障，方明给她提供了精神养料，不顾及他们的感受是不行的。

那天正是阴历十五，夜空如洗，月亮又大又圆。皎洁的月光洒下来，把夜照得如同白昼，地上一根针都看得见。田径场上人很多，他们在月光下漫步。他们差不多都是成双成对的年轻人，很有氛围感，有的还在试探阶段，有的处在刚开始阶段，有的已经在热恋阶段了，当然，有的也接近尾声，准备摊牌，要画上句号，告一段落了。

"小怡，你猜猜看，这些人在干什么，他们是什么关系?"方明明知故问。

"方明，你是话里有话呢！这不是秃子头上的虱子——明摆着嘛，谁都看得出来，他们在谈恋爱！"贺怡揣着明白装糊涂。

"是呀，他们都谈得那样轰轰烈烈、热火朝天、可歌可泣了，让人只羡鸳鸯不羡仙！我也想了，你呢，想吗?"方明说，"我还没有谈过恋爱！初中的时候还没懂事，高中的时候没有时间，也没有合适对象，现在读大学了，可以开始了，小怡，我想谈恋爱了，我们一起吧!"

"我也羡慕他们，可我目前暂时还不想！"贺怡说。

"为什么呢？是没有找到合适的人吗？"方明诧异地问。

"不是！别人谈恋爱，只要人对、时间对、地点对，就可以开始了。我呢，不是你想谈就能谈的！我们每个人的具体情况不一样，我的条件还不成熟，我还有一件十分重要的事情要处理！"贺怡说。

"什么事情那么重要，让你恋爱都顾不上了？只要你还没有跟别人谈恋爱，我就不着急，愿意等下去！但是，你也得抓紧了，过了这个村就没那个店了！"方明说，"记住了，小怡，我希望越早越好，时间如流水，四年大学转眼就过去了！"

说实在的，贺怡是喜欢方明的，贺怡感激方向，不只是他资助了自己学费，更是把方明送到了她面前。他们俩年龄相仿，趣味相投，三观相近，互有好感，他们认识也有些年头了，彼此了解。方明对贺怡的喜欢、重视和珍惜，贺怡渴望，也感觉到了。可是，贺怡的心里很乱，就像塞了一团乱麻，理不清头绪。贺怡的心乱，一半来自方明，另一半来自他父亲方向。

不得不说，事情有点儿狗血，他们父子俩对贺怡都有意思，但只有贺怡知情。开学那天，他们逛街购物回来，方向把儿子送回1314男生宿舍后，又把贺怡叫出来，陪着他在田径场悠悠晃晃地转了四五圈。夜深了，贺怡要返回宿舍的时候，方向突然抓住了贺怡的手，对她说，他很喜欢她，他在等她长大，现在她上大学了，已经长大成人了，他可以名正言顺地、不管不顾地追求她了。

贺怡很吃惊，也被吓坏了，脑袋里一片空白。贺怡用力挣脱方向，连奔带跑、急急忙忙、慌不择路地回到了520女生宿舍。回到宿舍，贺怡惊魂不定，那颗心像刚从天敌手下逃脱的小鹿。那天晚上，贺怡凉也没冲，脚也没洗，就钻进了被窝。贺怡用被子蒙住头，无声地哭了，她一夜无眠。

方向是个鳏夫，在广东经营一家五金配件厂，生意做得红红火火。方明八岁那年，方向妻子因病去世，抛下他们爷儿俩。十年来，方向又当爹又当妈，把方明拉扯大，一直没有找女人。如今方明长大了，上大学了，他可以考虑自己的问题了。方向看上了吃苦耐劳、老实本分的贺怡，觉得她很合适，是自己喜欢的那种。方向希望贺怡大学毕业后，去他企业工作，做他的秘书和助理，做情人也行，不结婚也行；做妻子，结婚也行。再过十年八年，等贺怡在职场上成熟了，能够独当一面了，就把企业交给她——方向很想把企业交给儿子方明，但方明已经向他明确表示过，他对他的五金厂不感兴趣，要找衣钵传人，他得另觅高明。

贺怡一直把方向当长辈，方向的表现和表态让她很吃惊，把她吓着了，也是她始料未及的。经历了那件事，贺怡不得不重新审视方向。失眠的那个晚上，贺怡在心里一遍又一遍地问自己：难道这就是方叔资助我的原因？如果不是因为这个，方叔就不会资助我了吗？如果是这样，方叔资助我，是不是有点儿动机不纯？自己还要接受他资助吗？

其实，那天晚上，在表白后，方向已经看出了贺怡的困惑，也向她解释说："小贺，我这么说、这么做，是不应该，也有点儿无耻，但我控制不住自己。天地良心，当初我资助你，跟今天这件事情没有任何关系。现在你上大学了，也是成年人了，我才有了这个想法。我不逼你，希望你认真考虑一下；我希望你找感觉，看感情，不要以为我资助了你，你就要以身相许！感情跟感恩没有关系，我也不需要你用感情来报答我！"

既然方向自己这么说了，那就好办了，贺怡用不着背负忘恩负义、以怨报德的骂名，也不用担心良心的谴责。方向是贺怡的大恩人，是改变她命运的人，如果没有方向，贺怡要么在家务农，要么外出打工，肯定跟大学无缘。方向说得对，感情是感情，恩情是恩情，两者不能混为一谈。头脑清醒的人，感情理智的人，思想成熟的人，都不会用它们来做交换的，也没有这个必要。

随着方明不断约她，照顾她，给她买各种东西，贺怡终于明白过来，方向是她要报恩的人，方明是她要培养感情的人，尽管他们一个是父亲，一个是儿子，对方向是感恩，对方明是感情，但这两种情感不能混为一谈，更不能模糊边界，随便逾越，就像他们一个是父亲，一个是儿子，虽然有最亲密直接的血缘关系，却是清楚分明的个体，不能混为一谈。夹在父子中间，夹在两种感情中间，贺怡感到很为难、很无奈，但有一个基本原则，她不能厚此薄彼，既然她婉拒了方向，她也不得不婉拒方明。

"方明，谢谢你的好意，但我现在暂时还不想谈恋爱，也不想耽搁你的感情！"贺怡说，"我知道你们男生上大学了，第一件事情就是希望找一个女朋友，否则，日子没有盼头，读大学就像坐牢！"

"小怡，我确实很想找个女朋友，但不是随便一个女生都可以做我女朋友的。"方明说，"也许这颗感情的种子在你初三那年，你到广州来就种下了，现在是春天了，种子应该破土而出，茁壮成长了。"

"小明，如果你要我做你女朋友，不是不可以，但你得有耐心，我还有重要事情处理，把这件事情处理好后，我才能接受你，你给我点时间！"贺怡说。

"小怡，我愿意等的，因为你这个女孩值得我等！"方明说，"但我也不想稀里糊涂地等，你得告诉我，我为什么要等，得等多久？"

"原因我不能告诉你！时间嘛，你给我两年！"贺怡说，"我认为两年时间应该够了！"

"两年时间？处理什么事情要这么久？我还以为两个月呢！我们的大学才四年，两年就去掉一半了。半年时间，一年时间，难道还不够吗？"方向说，"对爱情来说，对两个相爱的人来说，两年时间太漫长了，简直遥遥无期！"

"方明，如果你爱我，你就要相信我，不要问原因。现在还不是告诉你原因的时候，将来总有一天，你会明白的！"贺怡说。

"小怡，有花堪折直须折，莫待无花空折枝！"方明说，

"问题关键是我们现在是谈恋爱的时候了，我不明白你为什么要压抑自己的感情，而且一压就是两年，这两年真会要了我的命！"

"如果你愿意就等，不愿意，你也可以去找其他女生，我不怪你，更不会拦你！"贺怡说。

"找就找！别以为我不是高富帅，找不到啊！"方明赌气地说，"贺怡，这可是你说的，到时候，你可不要后悔啊！"

聊天聊到这个份儿上，已经聊死了，没办法继续下去了，他们都后悔来这次约会了。这是两个年轻人第一次争吵，他们连"再见"都懒得说了，就各走各路，各回各的宿舍。

回宿舍后，方明不开心地在手机上斗地主，躲在被窝里玩了一个通宵，停不下来，中间停了两三次，哪怕强迫自己闭眼，闭上眼睛就是跟贺怡吵架的细节，心潮翻滚，激动难眠，于是又打开手机和软件，玩了起来。第二天星期天，其他同学起床了，他才睡着，下午才起来，早餐和中餐都没心思吃。

贺怡心情郁闷地上了床，蒙头就睡，可翻来覆去睡不着，她也失眠了。她很想告诉方明，她是欠方向的，在这份恩情没有还清之前，她没有办法答应方明，因为方向是方明的父亲，方明是方向的儿子。

滴水之恩当涌泉相报，这个涌泉相报，并不意味着要以身相许。方向的恩情是要还的，怎么还呢？当然不可能顺着方向的意思来，他资助未成年的她读书，成年的她还他感情。贺怡认为，方向资助她的是钱，钱的事情，应该用钱来还，跟感情无关，哪怕把本息算在一起，要贺怡还都行，只要方向说个数，如果这个数合情合理，贺怡肯定认。

已经凌晨两三点了，宿舍里一片安静，室友们都睡着了，贺怡打开手机的手电筒功能，从枕头下面掏出来一个笔记本，躲在蚊帐里开始翻看起来。笔记本上记载着方向汇给贺怡的每笔钱，什么时候给的，给了多少，都清清楚楚，一目了然。

贺怡认真地算了一下，六年半时间，方向一共资助了她六万五千块钱。这个数字虽然不大，可对曾经的她来说，是雪中送炭；对目前尚没有找到赚钱门路的她来说，对她一贫如洗的家庭来说，已经大得离谱、大到出奇了，可以说是一个天文数字了。贺怡要还清这笔债，哪怕不算利息，还真不容易，短期内还清就更难了。这笔钱，就像一座大山，重重地压在贺怡身上心上，让她喘不过气来。

大学生活应该是五彩缤纷的、精彩不断的，尤其是女生。如果说女生是朵花，那大学生活，是这朵花儿盛开的时候，盛开得最美丽的时候。在这个青春季的色彩和精彩里，感情尤其是浓墨重彩的一笔，不可忽略的一环。如果不是因为这笔旧账旧债，贺怡就会毫不犹豫地，甚至轻松愉快地接受方明，投进他的怀抱了。

　　当然，对贺怡来说，还钱是后话，事实上，当务之急是摆脱对方向资助的依赖，实现自力更生、自食其力。如果方向没有向她捅破窗户纸，接受他的资助，贺怡心安理得；现在既然方向挑明了，再接受他的资助，那就说不清、道不明了——贺怡觉得他们之间，资助和受助的性质已经发生质变了。贺怡不希望自己稀里糊涂地过下去，这样既害了自己，也害了别人，她得用实际行动来表明自己的态度。

　　可是，贺怡又能做什么呢？她只是一个大一学生。

　　熙熙攘攘的城市不像她们西北乡下农村，只要愿意放下大学生的身段和架子，机会不是没有。跟方明在校门口吃饭，进饭店的时候，贺怡看到玻璃门上贴着一张招聘广告，意思是招两个兼职服务员。贺怡很想试试，可当时碍于方明在，贺怡没有付诸行动，却在心里记下了有这么一个机会。

第二天上午上完课，贺怡就迫不及待地跑去找老板应聘和面试了。老板是个中年男人，听贺怡说明来意，简单地跟她聊了两句，当即录用了她，要她当天中午就上班，一个月两千块，中餐晚餐饭店包了。

这个钱，对贺怡来说，已经不少了，跟方向对她的资助差不多。进大学后，方向改变了对贺怡的资助方式和金额，一个月给她两千块钱，每月1日准时兑付，跟发工资一样。但饭店一个月两千块对贺怡还钱来说，还远远不够，只能说是迈出了自力更生、自食其力的第一步。

贺怡已经意识到了这样下去不行，无论是还方向的钱，还是接受方明的感情，都可能遥遥无期，做了两周服务员后，贺怡找到老板，鼓起勇气对他说："老板，我不想做服务员了！"

老板很吃惊，抬头看着她，很纳闷地说："小贺，不是做得好好的吗，怎么就想辞职了？你是嫌弃我们工资太低，还是工作太累，还是这份工作丢人？"

贺怡说："老板，您想多了，都不是！感谢您给我机会，我不是想辞职，而是想换工作！我还在您店里做服务员，但我想改变一下工作岗位和付酬方式！"

老板疑惑了，说道："哦，小贺，你没学过厨艺吧？我不觉得我们店里有其他更好更挣钱的工作适合你！你有什么好想法，说来听听！"

贺怡说："老板，我来给你们卖酒，我不要底薪，只要提成，这样你也可以少发一个人工资！我只要你们这儿的客流量，我来挖掘顾客的消费潜力。客人来了，我劝他们喝酒消费，他们喝酒多了，点的菜自然多了。这样，对我和饭店生意都有好处，可以实现多赢！"

老板说："小贺，这是个好主意，也很有意思，很有挑战，我们可以尝试一下！如果你觉得不行，我们还是恢复原来的工作岗位和薪酬模式。"

贺怡说："感谢老板，以后咱们饭店里的酒水，就包给我来促销吧，我有把握让酒水生意翻一番。咱们现在一天酒水大致销售多少？"

老板说："小贺，这个我还没有统计过，从进货来看，周一到周四少一些，一天一百瓶左右啤酒，十瓶左右白酒；周五到周日多一些，可能翻番了！"

贺怡说："老板，我只做增量，不抢饭店生意。就算咱们现在酒店一周销售一千瓶啤酒，一百瓶白酒。从今以后，饭店多出来的酒水算我的业绩，每瓶啤酒给我提两块钱，每瓶白酒给我提五块钱，行不行？"

老板说："小贺，对我来说，更划算；对你来说，有点不公平。这样吧，增量按你说的这个数；存量我也给你报酬，但要少点，每瓶啤酒给你提五毛，每瓶白酒给你提一块，但你要负责把酒水送到客户桌上，给他们开瓶，把第一杯酒水倒好！"

贺怡说："老板，那占您便宜了，我也有保障了。谢谢您了！"

就这样，贺怡做起了酒水促销业务，老板把饭店里的全部酒水促销业务都让给了贺怡。

不得不说，贺怡很有商业头脑，这个主意相当不错，让她有动力，很有发展后劲，就像贺怡最卖力推销的、客人们最爱喝的那款乡下胡子酒一样，后劲很大。第一周，贺怡没有赚到更多钱，跟做服务员差不多。越到后面，这种模式的优势越凸显了出来，贺怡卖出去的酒水，每天都在以肉眼可见的速度增长。三周后，业务基本稳定下来，周一到周四，贺怡每天卖出去大概两百瓶啤酒，二十瓶白酒；周末一天卖出三百多瓶啤酒，三十多瓶白酒，一个月能拿七八千块钱，有时候甚至突破一万，是当初做服务员时候的工资的三四倍。

贺怡跟客人渐渐熟悉起来，建立了感情和联系。校门口或对面的饭店很多，竞争激烈，客人们来饭店吃饭、喝酒、消费，渐渐地奔着贺怡来，他们饭店的生意明显比旁边饭店的生意红火了。隔壁饭店老板找原因，认为问题在贺怡这儿，他开出更具诱惑的条件，想把她挖过去，却被她拒绝了。饮水不忘挖井人，这是做人处世的重要原则，贺怡懂得感恩，是现在的老板给了她机会。

老板看到贺怡引流能力不错，也改变了结算方式，一周给她结算一次，一次结算有当服务员一个月工资那么多钱。每到月底，贺怡把这份钱分成三份，留一千给自己零用；寄两千给远在西北农村的父母；其他的，存进银行，等凑齐六万五千块钱了，还给方向。

贺怡认认真真地算了一笔账，照目前这样发展下去，她一个学期可以攒两万多块——不能再多了，因为有寒暑假，假期饭店生意比较受影响，没有多少客人。贺怡宁愿假期回大西北农村陪父母家人，暑假做农活，寒假过年。到大二上学期，贺怡就基本上可以还清方向资助她的钱了，她就可以名正言顺地、心无芥蒂地接受方明，跟他谈情说爱了。贺怡希望自己努力努力再努力，用最短的时间赚最多的钱，还清方向的债务，把她接受方明的时间尽可能地缩短——这是方明的意思，也是她的意思。

从找到这份工作开始，贺怡就没有接受方向资助了。她把方向每个月按时给她汇过来的钱，又原封不动地退了回去。方向很诧异，打电话过来询问贺怡什么情况，贺怡说："叔，我已经成年了，也该独立自主、自食其力了，我找了份兼职工作，自己挣钱了，以后不花您的钱了。"

方向担心地说："小怡，那会不会影响你的学习？"

贺怡说："不会的。叔，我会处理好勤工俭学和学习的关系，坚持两手都抓，两手都硬！衷心感谢您这么多年来对我的资助，您那个钱，我以后还给您！"

方向说："小怡，你这是怎么啦？生我气了？我可没有要你还我钱，我也是真心实意资助你的！"

贺怡说："叔，我知道！我也是真心实意地感谢您，真心实意地准备还您钱的，没有其他意思，您不要过度解读，想多了！"

话已至此，贺怡的意思是再明白不过了。方向没有再说什么，默默地挂掉了电话，一种失落写在他那张饱经岁月风雨侵蚀的沧桑的国字脸上。

听到电话里的忙音，贺怡如释重负，她感到轻松极了，压在心头的那块巨石终于卸下来了，从身体到心理，贺怡都觉得轻如飞燕——一只向着家的方向飞行的飞燕，一只无拘无束、无牵无碍的飞燕。

自食其力，自力更生，是贺怡在自己的人生中迈出的极其重要的一步，具有里程碑意义，甚至可以跟她考上大学、从大西北农村到这座江南名城来读书一样重要，是一个重要的转折点，也是一个全新的起点。

第六章

　　抽刀断水水更流，要阻止水流，得找到源头，进行科学疏导。就像520女生宿舍吵架，源头不在了，矛盾自然消失了。仇拾被送到了1314男生宿舍，520女生宿舍峰回路转，剑拔弩张的紧张气氛不见了，呈现出一派春和景明、春暖花开的景象，女生宿舍的原生态开始显山露水，该说的痛快说，该笑的开心笑，该闹的放肆闹，该哭的大声哭，她们不再避讳、不再掩饰，那个小小的二十来平方米的小天地成为她们展示性别天性的地方。她们想穿什么就穿什么，想怎么穿就怎么穿，想什么时候穿就什么时候穿，特殊时刻，例如洗浴后从浴室出来，有两三分钟想不穿都行；换衣服，甚至换贴身内衣内裤，也不用钻进蚊帐，只需要拉上窗帘，在室友们众目睽睽之下，进行者大大方方地进行。

有时候，也开玩笑，比较谁的大、谁的小。太小了，有什么办法促进它抓住最后机会再发育一下。她们惊奇地发现，对女生来说，臀与乳是成正比的，乳大臀小，或者臀小乳大，有些不可能。当然，不拉窗帘是不行的，因为对面是男生宿舍，中间只有一百米距离。据说男生宿舍有好色登徒子，他们买了廉价望远镜，一闲下来就往对面女生宿舍侦察呢，尤其是在女生洗澡换衣服、上床睡觉、早上起床的关键时刻。520女生宿舍的女生十分善良，她们不愿意用恶意去揣测对面男生，可由不得她们不信，是隔壁宿舍的师姐告诉她们的，师姐的男朋友把这件事告诉过师姐。

当然，520女生宿舍的女生毕竟吵过，当初造成的隔阂依然存在，并没有由于仇拾离开而消失，只是大家将其压在心底，不愿意轻易触碰。跟其他三位姑娘不一样，仇晓梅虽然也是有说有笑，就像跟她们没有闹过矛盾一样，但仇晓梅是说得少、笑得少，即使笑了，声音也小，那些本来应该520女生宿舍全员参与的疯和闹，仇晓梅基本上不掺和不参与，只做一个客观冷静的旁观者，有时候甚至借故走开——现在轮到仇晓梅跟那个宿舍的集体气氛格格不入了。

520女生宿舍的女生表面上一团和气，但经历、性格、成长环境的迥异，曾经的芥蒂作祟，使得她们内心深处还是横亘着一条不可逾越的三八线。在其他三个姑娘看来，不是性格和成长环境差异，不是经历不同，而是记仇，是怨气，是仇晓梅没有从内心深处原谅她们当初的恶行，仇晓梅这个姑娘跟她的姓氏一样，喜欢记仇，并且认真，一记就根深蒂固，很难消除。

女生们知道，这也不能怪仇晓梅，是她们心眼太小，是她们方法不对，是她们没有控制好情绪，是她们活生生地把他们母子俩拆散了。碰到这种事，谁都会记仇，甚至记仇一辈子的，何况仇晓梅姓仇呢？仇晓梅是个小女子，肚子里撑不了船，她能融入她们，跟她们一起愉快地玩耍吗？

疯过后，乐过后，上床了，熄灯了，进被窝了，宿舍里冷静下来，校园里冷静下来，三个姑娘也冷静下来了，一种愧疚之情油然而生，占据她们的心灵：以前她们是过分了，仇拾是小孩，她们是成年人，她们没有控制好情绪，没有把握好分寸，训斥仇拾了，数落仇拾了，甚至打骂仇拾了，她们把仇晓梅彻底得罪了，如果可以，她们很想真诚地对仇晓梅说声"对不起"。

说声对不起是应该的。当然，三个姑娘更想努力填平跟仇晓梅之间的鸿沟，真心实意地邀请仇晓梅跟她们一起"众乐乐"。都说远亲不如近邻呢，何况她们住在一个宿舍，大家抬头不见低头见，想躲都躲不开！何况她们还要相处四年，美丽的难忘的四年，有滋有味的四年，而不是落落寡合、耿耿于怀的四年！何况她们520女生宿舍是一个不可分割的整体，一个都不能少！要是大学四年一直这么别扭，这么闹下去，那多没意思啊，她们大学四年还有什么美好可言？她们大学四年岂不是因为这个，要逊色不少、寡味不少？

可是，三个姑娘办法想尽，笑脸赔尽，虽然不是束手无策，却也无计可施，收效甚微，没办法从根本上让仇晓梅原谅她们、接受她们、融入她们。要仇晓梅跟她们一起玩的时候，她们热情地招呼，仇晓梅表面答应，却很难有实际行动，结果还是她们玩她们的，仇晓梅躲仇晓梅的，很难融进来，跟她们集体行动。

仇晓梅还是那样，孤家寡人的时候多，郁郁寡欢的时候多，闷闷不乐的时候多，沉默是金的时候多。即使周末一起看电影，节假日一起逛街购物，甚至室友过生日聚会，仇晓梅都能推则推，即使不得不参与其中了，也是你们闹你们的，你们乐你们的，仇晓梅一个人坐在不起眼的角落里，静静地看着，静静地听着，照片都不拍，朋友圈都不发，跟她无关似的——更多时候，看大家玩得尽兴了，仇晓梅招呼也不打，悄无声息地溜走了。

这种尴尬的关系，沉闷的现状，直到那年元旦，才突然发生改变，而且是根本性的。改变是从贺怡和仇晓梅之间开始的，她们的梁子最深，心结最难解。事实上，520女生宿舍的主要矛盾，也集中在她们俩身上。其他两个姑娘，肖小燕和林婉儿，由于睡在上铺，虽然也有东西被仇拾祸害过，却程度最轻，可以忽略不计；而贺怡睡下铺，首当其冲，损失最重，伤害最深。

在所有洋节里，只有两个节日最受年轻人欢迎，一个是2月14日的情人节，一个是辞旧迎新的元旦。情人节是年轻情侣的，元旦节是大家的，男女老少皆宜。元旦节是学校最热闹的一个节日了，辞旧迎新，祝福不断，全校欢腾。室友、同学、师生、朋友、恋人，都找到了放纵的理由、庆祝的方式。对在校师生来说，没有其他娱乐和不良嗜好，在一起吃喝，胡吹海侃是他们放纵压抑、释放快乐的重要一环。所以，元旦那天，饭店生意格外好，宾客盈门，络绎不绝，从上午十一点开始，陆续有客人来，一直持续到凌晨守岁结束，贺怡才结束酒水推销，拖着疲惫的身子往宿舍赶。

饱受折腾的校园开始冷清下来，已经没有什么人了，只有两边的路灯不知疲倦地亮着，寒冬腊月的西北风呼呼地吹着，淅淅沥沥的冻雨下着，大大小小的雪花飘着，这是南方特有的雨夹雪，室外格外冷，有熟悉的遥远的大西北味道。贺怡缩着脖子，笼着手，喘着粗气，大步流星地赶路，她在心里一个劲地告诉自己：还有三百步，还有三分钟，就到宿舍了，就暖和了。

可是这三百步，贺怡却走了三十分钟。路过图书馆的时候，她停了下来。贺怡看到图书馆台阶前的垃圾桶边站着一个人，那个人弯着腰，把手伸进垃圾桶，微侧着身子，在里面不停地摸索。她从垃圾桶里摸出来一个又一个饮料瓶，塞进了左手拎着的大方便袋里。那个方便袋黑黑的，鼓鼓囊囊，快被各种各样的饮料瓶塞满了。

贺怡停下来，是因为那个侧影很熟悉，那个身材很熟悉，那身衣服很熟悉。她怀疑是仇晓梅，却不敢肯定，她不相信仇晓梅会捡垃圾，因为她知道学校里已经给了仇晓梅一个勤工俭学名额——贺怡也曾经渴望过那个勤工俭学名额，但没能如愿，因为名额只有一个，华老师把名额给了仇晓梅；贺怡认为她们班上最穷的女生有两个，而不只是仇晓梅一个，贺怡一度认为华老师偏心了。

仇晓梅不是在勤工俭学吗？贺怡想，勤工俭学的费用不是可以支撑起他们母子俩的生活了吗，还捡垃圾做什么？要挣那么多钱做什么？难道捡垃圾的那个人不是仇晓梅，是一个跟仇晓梅身形穿着相似的流浪女？

毋庸置疑，是仇晓梅的可能性相当大，她勤工俭学就是打扫校园卫生，是主业；保护学校环境，乘工作之便，捡垃圾、捞外快是分内事，是副业。可她不顾脸面，放下身段，干一份跟流浪汉一样的活，哪怕没钱用、没饭吃，贺怡都不会干这个。在贺怡看来，仇晓梅想钱想疯了。

打扫卫生这个活，勉强可以接受；捡垃圾这个活，是不能被接受的，因为捡垃圾会留下异味，这种异味很难清洗，靠近她，尤其是跟其在一起生活的人，是可以闻到的。520女生宿舍既不欢迎这种异味，又不接受这种唯钱至上的价值观。

为了看清是不是仇晓梅，贺怡不声不响地凑了上去，站在了她身旁。

等仇晓梅摸完垃圾桶里的瓶子，站起来的时候，借着暗淡的路灯，贺怡看清楚了，没错，是仇晓梅，果真是仇晓梅！

元旦晚上，大家都在辞旧迎新，用各种方式庆祝和迎接新年到来，也许全校只有两个人在辛勤劳作，为生计忙碌奔波，一个是贺怡，一个是仇晓梅，她们的工作虽然又苦又累，却还是差别巨大。

贺怡推销酒水，在室内，相对光彩，相对容易，相对有经济效益；仇晓梅捡垃圾，在室外，在风雪交加中，既不光彩，也赚不到什么钱——仇晓梅带着孩子，生活太难了，没办法！

夜深人静时，突然发现有人站在自己身边，仇晓梅被吓了一大跳。两个姑娘，四目相对，都感到尴尬，有些不知所措。仇晓梅脸上红彤彤的，像喝醉了酒，又像做贼被抓了现行。贺怡的眼睛一下子红了，脸上写满了愧疚。

贺怡曾经以为自己是这个学校最苦命的学生了，干着又苦又累的活，欠着大山一样的债，连谈个恋爱都不敢。看到仇晓梅捡垃圾，贺怡不再自怨自艾了，相比仇晓梅，她是幸福的，在这个世界上，在这个学校，还有人干着比她更苦更脏的活，过着更贱更累的生活。这个人不仅要勤工俭学，还要捡垃圾，不仅要养活自己，还要抚养小孩，这是一个多么不幸的女生、多么坚强的女生，一种多么伟大的母爱！

可是她贺怡，却在她仇晓梅的伤口上肆无忌惮地撒过盐！

"晓梅！"贺怡的声音颤抖，充满愧疚，甚至带着哽咽，"今天是元旦呢，同学们都在辞旧迎新，你还在工作？现在都跨年了，天气这么冷，你还在干这种活，也不去守守岁，不去庆贺庆贺，不在宿舍休息？"

"贺怡，你别只顾着劝我，你不是也忙到现在嘛！我不容易，你也不容易！"仇晓梅说，"我们俩是被这个新年遗忘在角落里的人，这个新年的快乐是别人的，不是我们的！"

"我们还是有区别的！晓梅，虽然我不是这个新年的主角，可至少我是配角，我参与其中，跟客户们一起分享快乐了，我在室内工作，温暖如春；你在室外工作，天寒地冻，真正被这个新年遗忘！"贺怡动情地说，"你比我苦多了！"

贺怡这话是什么意思，是同情自己工作辛苦生活辛苦呢，还是讽刺自己捡垃圾拾破烂呢？

仇晓梅觉得自尊心受到了伤害，可贺怡说的是事实，她就是在捡垃圾、拾破烂，被贺怡抓现行了——以后贺怡又多了一个可以攻击自己的证据和把柄了！

仇晓梅带着哭腔，难为情地说："贺怡，我是没有办法，也可以说被生活所迫，走投无路，我要养活自己，要养活仇拾，我得想办法赚钱。你看到了，仇拾还小，他需要用钱的地方很多！"

"晓梅，我没有嘲笑你的意思，我是佩服你，真心实意地佩服你！你很坚强，很坚韧，比起我来，你真不容易，以前是我没有理解你！我以为我自己已经太不容易了，既要挣钱养活自己，又要照顾远在西北农村的家人，过得很辛苦很累，没想到你比我过得更不容易。"贺怡说，"你是不是太宝贝你儿子了？其实，你可以把仇拾交给你的家人，或者男方家人，没有必要带到学校来！你自己还是一个学生呢，养活自己已经不容易了！"

"贺怡，你可能不知道，不是我不愿意把他留在老家，是我实在没有办法！"仇晓梅叹了口气，"我没有家人，仇拾也没有家人，我们两个苦命人是因缘际会凑在一起，搭伙过日子的，不是你们想象的那样！"

"晓梅，你这话是什么意思，我听不懂！仇拾难道不是你儿子？他的父亲呢？他的家人呢？你的家人呢？"贺怡不相信地问。

"其实，贺怡，仇拾不是我儿子，可我把他当儿子了！"仇晓梅说。

这是贺怡作为室友，第一次这么关心她，第一次这么温暖贴心地跟她说话，仇晓梅渐渐感动起来，内心坚冰开始融化。虽然仇拾在520女生宿舍的时候，仇晓梅和仇拾是贺怡的眼中钉、肉中刺，被她处处针对，难得有好脸色的时候。回想起520女生宿舍发生的几次较为激烈、令仇晓梅印象特别深刻的冲突，贺怡都是始作俑者，都是贺怡率先发难，肖小燕和林婉儿随后跟进的——贺怡让他们母子俩备受委屈，苦不堪言。当然，平心而论，是仇拾有错在先，是自己监管不力，侵犯了贺怡的地盘，动了她的奶酪。

现在看来，贺怡不是坏人，她只是一时冲动，对事不对人，没有过错。

"写出来，是满纸荒唐言；说起来，是一把辛酸泪。贺怡，我家在偏僻农村，家里穷，最近又遭遇了大变故！"仇晓梅说，"我父母突然没了，不在了。他们在广东打工，没有文化，做着最苦的活，拿着最低的工资。拿到录取通知书那天，我打电话给他们，他们很开心，高高兴兴地请了假回来，准备给我办个谢师宴，好好庆祝一下。他们坐的是火车，到了我们县城，正是凌晨时分，出站后，他们打了辆出租车往家赶，结果半路上出事了，一辆大货车迎面驶过来，从出租车上碾压过去，我父母和出租车司机当场都死了。我是我们家的罪人，我把父母害死了——如果我没有考上大学，他们就不会回来，不会死了！"

"晓梅姐，那是天注定，跟你没关系，你不要耿耿于怀了，相信你父母在天之灵也不希望你这样！"贺怡说，"对不起，触到你痛处了，我不是故意的，没想到你们家这么惨！我们家虽然穷，可父母和弟妹都好好的——我比你幸福多了！"

贺怡一边说，一边情不自禁地伸出手，握住了仇晓梅的手。

"那个仇拾呢？是怎么回事？"贺怡继续问。

"仇拾？他既是我儿子，也不是我儿子！可以说，我跟仇拾非亲非故，一点血缘关系都没有，之前我甚至都不认识他。半年前，我跟仇拾的关系与你跟仇拾的关系没什么区别。你想想看，我今年十九岁，仇拾三岁，我还是个学生，还在读书，我都还没有谈过恋爱，哪来的孩子？"仇晓梅说。

"晓梅姐，那仇拾是谁的孩子呢？怎么跟你姓呢？怎么跟你一起生活呢？"贺怡好奇地问。

"我也不知道他是谁的孩子！仇拾是我捡的。到学校领录取通知书那天，从县城返回镇上，在汽车站出口，我看到一个孩子坐在地上号啕大哭，看上去怪可怜的，于是过去问了一下，原来是他父母把他抛弃了。他是外地人，没有人认识他，还患有心脏病。他父母没有钱给他治病，又不忍心让他等死，于是把他抛弃了。我看天黑了，没人管，就把他领回了家。没想到，他父母一直没来找他。半年来，我们俩相依为命，建立了深厚的感情，他把我当妈妈，我把他当儿子了。"仇晓梅说。

这下贺怡彻底愣了，蒙了，像路边的树一样立在凛冽的风雪中。当然，贺怡也彻底感动了，两行清澈的眼泪顺着脸颊不由自主地流了下来。仇晓梅虽然性格孤僻、独来独往，但她不合群是有原因的，因为她遭遇了太多变故，受伤太深，一直没有走出来；她不合群的背后却有一个高尚的灵魂，一颗仁爱的心，一种坚韧不屈的性格！

能够邂逅这样一个女孩，是前世修来的缘分；能够跟这样一个女孩成为同学，成为室友，是她三生有幸！

贺怡张开双臂，紧紧地抱住了仇晓梅，泪流满面："晓梅姐，以前是我小肚鸡肠，错怪你了，以为仇拾是你亲生儿子，以为你生活不检点，未婚先育！以为你自私自利，带着自己的孩子破坏了我们向往的大学生活。没想到，你这么有爱心，你这么善良，你这么有责任感！你大人不计小人过，从现在开始，我要出钱出力，跟你一起照顾仇拾，为他健康快乐成长铺路！以前我带了一个坏头，带着宿舍其他两个女生一起对付你们。我要把你和仇拾的事告诉她们，要她们跟我们一起承担抚养和教育仇拾的义务！我要做她们的工作，征求她们的意见，把仇拾接回来，跟我们一起生活！以后，仇拾是你的儿子，是我们仁的干儿子，至少你是他亲妈，我们是他亲姨！"

"贺怡，你的好意，我和仇拾心领了。他在1314男生宿舍很安心，也没有给男生们带来不便不适，就让他待在那儿吧。这件事情，你知道就行了，不要告诉肖小燕和林婉儿了。我们都不想太多人知道，因为仇拾有病，又被父母抛弃，比较自卑、敏感、容易受伤，我希望他能够忘记过去，健康快乐地成长。幸好仇拾年纪小，容易健忘。所以，他不是我亲生儿子、被父母抛弃这件事，我不希望扩大化，弄得尽人皆知，包括肖小燕和林婉儿。仇拾已经把我当妈了，这是他忘记过去迈出的可喜一步。现在他又多了一个亲姨，我想他会跟我一样很开心很高兴，我们娘俩谢谢你了！"仇晓梅说。

"这样也好，晓梅姐，我尊重你们，你太让人敬佩了，没有自己，只有仇拾，处处为他——一个跟你不相干的孩子着想，我是没办法达到你这个境界的！以前是我不好，不明所以，带头恶心你，我向你道歉，请你原谅！"贺怡说。

"贺怡，那不全是你的错，是我们有错在先。换位思考，如果是我碰到这种情况，也会那样做、那样想，甚至更加过分！520女生宿舍是你们的领地，仇拾是侵犯了你们领地的人！是他破坏了你们太多东西，是他破坏了你们正常的生活，是他破坏了你们的理想！也怪我没有向你们说清楚，没有征得你们同意，没有取得你们谅解！"仇晓梅说。

"晓梅姐，如果你不介意，你把我当妹，我把你当姐吧，我们是异父异母的亲姐妹，我们俩一起抚养仇拾！"贺怡说，"这是个让人特别感动的故事，我希望成为故事主角之一。仇拾还小，来日方长，在他成长的道路上，我不希望做一个袖手旁观、置身事外的人。晓梅姐，我要做他姨，做他亲姨！"

"谢谢你了，小怡。"仇晓梅说。

仇晓梅也深深感动了，对贺怡的态度和称呼变了，心扉敞开了："不瞒你说，小怡，有时候我也坚持不下去了，可是想着仇拾还小，没有独自生活的能力，想着他不能没有亲戚，不能没有妈妈，不能没有监护人，我就充满了动力，争取用自己的努力让他尽可能过得更好！"

"晓梅姐，你太不容易了，太伟大了，我贺怡自愧不如！从今以后，你的事就是我的事，仇拾的事就是我的事，你们的困难就是我的困难！"贺怡说，"有事，我们一起面对；有困难，我们一起扛，一起想小法克服！"

"嗯，小怡，谢谢你了，有你今天这番话，我就知足了。但是，这件事，你还得替我保密，不要让太多人知道，你知我知就行了，我不希望在别人的同情下生活，仇拾更不想。"仇晓梅说。

"晓梅姐，对其他人我不说，但还是告诉肖小燕和林婉儿吧！你是我们520女生宿舍的一员，我想520女生宿舍的姐妹都有权知道。肖小燕和林婉儿是我们的室友，是我们在这个学校里最亲近的人；她们也像我之前一样，对你有很深的误会，要让她们消除误会，最好的办法就是一五一十地告诉她们真相。"贺怡说。

"还是算了，小怡，不告诉她们了，她们对我们有误会就有误会吧，我们的大学生活刚刚开始，我相信时间可以给出答案，消除误会！"仇晓梅说，"再说了，她们俩住上铺，仇拾的破坏对她们的影响不大，她们俩对我们娘俩的误会没有你那么深！"

"晓梅姐说得也是。"贺怡说，"其实，520女生宿舍的矛盾主要集中在你和我之间，只要我们俩的心结解开了，矛盾化解了，她们自然会对你好了！以前都是我不了解情况，没有带个好头，以后再也不会了，我把你当亲姐姐！"

"那就谢谢小怡了，我们都不希望在一个剑拔弩张的环境里生活，就请你在小燕和婉儿面前帮我多美言两句，缓和一下矛盾！一个宿舍就是一个世界、一个江湖，我们每个人都是命运共同体！在同一个屋檐下，大家关系太僵了，确实不合适，影响我们的大学生活质量！"仇晓梅说。

"好嘞，晓梅姐以后就听我言，观我行！"贺怡说，"不过，晓梅姐，我有一个想法，想跟你商量一下，不晓得你愿不愿意？"

"小怡，你尽管说吧，虽然我们以前心有芥蒂，心结也刚刚解开，但是我觉得我们两个人的心已经贴得很近了，有什么事，你就直说，我不会介意的！"仇晓梅说。

"晓梅姐，你勤工俭学和捡垃圾，一个月赚不了几块钱，养活自己，养活仇拾，可能够，但要养好仇拾，将来给仇拾治病，让仇拾过上美好生活，可能杯水车薪，远远不够。你看这样行不行，你跟我一起，到校门口的饭店做推销酒水生意，肯定要比你干这个赚钱，我现在一个月能赚七八千块钱！"贺怡说。

"这么来钱的一份工作呀！好是好，可是这样一来，我不是把你的饭碗抢了吗？"仇晓梅说。

"怎么会呢，校门口饭店那么多，客人那么多，市场那么大，你干你的，我干我的，即使有影响，也不会太大。"贺怡说，"我们隔壁饭店老板一直想挖我过去，已经跟我说过很多回了。我现在的老板给了我机会，我不能背叛他的，可是，我可以推荐你过去，我在现在的饭店干，你到隔壁饭店干！"

"如果能成，那是最好不过了！小怡，我确实需要赚钱，需要准备一笔不小的钱，我每天都提心吊胆，生怕哪天仇拾病情发作，我连医药费都拿不出来！"仇晓梅说，"仇拾的心脏病就像一颗定时炸弹，埋在他身上，也埋在我心里，让我惶惶不可终日！我得努力工作，全力挣钱。万一哪天他发病了，没有钱，怎么行啊，那可是一条命，一条鲜活的生命，一个可爱的生命！即使仇拾不发病，我也希望多赚点，多攒点，有备无患，争取早点给他把手术做了！"

"如果有需要，晓梅姐告诉我，我也攒了点钱，我也努力挣钱，我们一起守护仇拾！"贺怡真诚地说，她确实被仇晓梅感动了。

"有你跟我一起，我就放心了，小怡，谢谢你了！"仇晓梅说。

说着说着，两个女生在天寒地冻的呼呼风雪中紧紧地拥抱在一起。冰天雪地中，她们不觉得冷了，倒觉得热辣滚烫，就像站在阳光明媚的春天里。那温暖是两具身体传递给对方的，那温暖是两颗越来越贴近的心灵传递给对方的——辞旧迎新那一晚，她们成为了对方的火炉。

没有化解不了的仇恨，没有消散不了的怨气。那次意外邂逅，让两个心有仇怨的室友化干戈为玉帛，成了520女生宿舍最亲密的闺密、最要好的姐妹——520女生宿舍这两位昔日争吵的主角、关系的亲密程度突然超越了同一阵营的贺怡跟肖小燕和林婉儿。那天晚上，她们是手拉手、肩并肩回到520女生宿舍的。她们回去的时候，肖小燕和林婉儿已经睡了，没有看到这稀罕一幕。从那以后，她们开始出双入对，互相照顾。贺怡有好吃的，总要给仇晓梅和仇拾一份；出去玩耍，或者逛街购物、散步看电影，贺怡都要率先恭恭敬敬、亲亲密密地征询仇晓梅的意见，然后才是肖小燕和林婉儿，如果仇晓梅否决了，即使肖小燕和林婉儿同意，都是一票否决。四个姑娘一起出去了，贺怡不再挽着肖小燕和林婉儿，而是挽着仇晓梅，她们一挽上就舍不得松开。

这些突如其来的微妙变化让肖小燕和林婉儿暗暗吃惊，百思不得其解。她们清楚，元旦前，贺怡和仇晓梅还像寒武纪的冰河一样冻着呢，虽然不至于剑拔弩张、不理不睬，却井水不犯河水，各玩各的。没想到新年一过，她们的关系突然柳暗花明、冰雪消融了——甚至比她们还要亲密。

尽管肖小燕和林婉儿有些琢磨不透，有些不适应，可这是好事，她们乐见其成——520女生宿舍终于和解了，不用选边站了。这是一个小小女生宿舍应该有的状态，大家和和气气，快快乐乐，无话不说，无情不诉，有难同当，有福同享，亲如家人。如果一个宿舍的关系处理不好，哪来美好幸福的大学生活？

贺怡没有食言，新年第一天，她把仇晓梅带到了隔壁饭店老板面前。老板跟仇晓梅认真聊了聊，对她很满意，仇晓梅开始做起了酒水推销生意，条件和报酬跟贺怡的一样，是贺怡跟仇晓梅老板谈的。

由于害怕业务不熟引发饭店老板不满，贺怡没有要仇晓梅马上上班，而是跟着她干了两天，先熟悉业务，找找感觉。业务熟悉了，有感觉了，第四天才去上班。做酒水推销两个月了，对客人怎么说、怎么做，贺怡已经摸索和总结出了一套丰富的经验和技巧，她毫无保留地把这些经验和技巧传授给了仇晓梅。

仇晓梅是个冰雪聪明的人，跟着贺怡学了两三天，到饭店上班的第一天，就表现得相当专业，像一个熟手，老板格外满意。一周后结算工资，仇晓梅拿到了在学校勤工俭学两个月的钱。仇晓梅高兴极了，她请520女生宿舍的全体成员和曾枭一起好好吃了一顿大餐。这顿饭，主要是为了感谢贺怡给她找了一份赚钱的工作；其次是想借机缓和一下与肖小燕和林婉儿的关系；最后是感谢曾枭对仇拾的照顾。

当然，赚钱了，最不能亏待的就是仇拾。仇晓梅给仇拾买了一套鲜艳的新衣服和一辆新上市的遥控汽车玩具。那件衣服上绣着孙悟空拿着金箍棒，腾云驾雾，追赶妖怪的图案，仇拾很喜欢，当即就穿上了，把自己当偶像孙悟空了。那个遥控汽车玩具仇拾更喜欢，当天他要曾枭陪着他跑到宽敞的田径场玩汽车玩具，看着玩具汽车在他操控下左奔右突，风驰电掣，想停就停，想跑就跑，想拐弯就拐弯，仇拾兴奋得手舞足蹈、哇哇大叫。

大家关系融洽了，举动也暖心了。虽然仇拾不在520女生宿舍住了，每到周末，520女生宿舍的女生爱把仇拾接过来，陪他一起玩耍，教他识字、读书、算数、背唐诗、唱儿歌，其乐融融。

仇拾来了，女生们热烈欢迎，她们不再像以前那样把零食藏起来，而是全部拿出来，摊在桌上，跟仇拾分享，任他挑选，或者作为奖励，哄他识字、数数、背唐诗。玩累了，学累了，要休息了，把仇拾送回男生宿舍的时候，520女生宿舍的女生都要给仇拾送一些礼物，如布娃娃、公仔、动物模型，也在他口袋里面塞满巧克力、坚果、大白兔奶糖等。

520女生宿舍成了仇拾的乐园，每个周末都玩得十分尽兴。他嘴巴本来就甜，在宿舍里大呼小叫着大姨、二姨、小姨，声音稚气、自然、亲切，感情发自肺腑，没有矫揉造作成分，让人动容，让人受用。

仇晓梅看在眼里，乐在心里，跟520女生宿舍的室友相处，她开始敞开心扉，积极参与，想说就大胆地说，想笑就大声地笑；仇晓梅不再沉默寡言，郁郁寡欢；她成了一个活泼开朗的人，她本来就是一个活泼开朗的人。

年底评选，她们520女生宿舍被评为"本学期优秀宿舍"，让隔壁宿舍和对面的宿舍羡慕不已。

第七章

小孩就是小孩，一个重要特点，就是好了伤疤忘了疼，同样的错误，一犯再犯，不长记性，不晓轻重，只知道由着性子来，这是大人没办法改变的事情。

仇拾爱撕东西，在520女生宿舍的时候已经展露无遗，在仇晓梅告诫下，到了1314男生宿舍，虽然有所收敛，却只收敛了三天，三天后老毛病又犯了，兴趣来了，还是拿到什么撕什么，就像抽烟喝酒上瘾了，没那么容易戒掉似的。所幸几次都无关紧要，撕的是没有用过的作业本或者没有用了的作业本，没有造成什么大碍，男生们也就没有放在心上，只是当时唠叨了两句，就得过且过了，没有人跟一个三岁小孩计较。

不是对女性有偏见和歧视，而是一种客观事实和现象的陈述，跟女生们爱小题大做、不依不饶不一样，多数男生都要胸襟豁达些，愿意大事化小、小事化了。每次仇拾撕了室友的东西，都是在男生宿舍的临时监护人曾枭积极道歉，主动承担赔偿下，在仇拾的紧张、害怕和保证声中，重新归于平静。

其实，不是男生不计较，不爱计较，而是仇拾还没有触及他们的底线，犯下的错误尚在可以原谅和包容的范围之内。常在河边走，哪有不湿鞋？不是每次都那么幸运的，毕竟三岁的仇拾根本分不清哪些东西重要、哪些东西不重要。

元旦过后第一周，由于老毛病又犯了，这次触碰了陆贵的底线，曾枭和陆贵在宿舍里大吵一架，甚至大打出手，曾枭被体育生陆贵揍得鼻青脸肿，血都从鼻孔流出来，涂满了鼻孔以下半张脸，雪白的衬衣上血迹斑斑。

这次仇拾撕的，是陆贵从肖小燕那儿顺来的一张照片。那张照片是肖小燕高考后在乡下同学家玩的时候拍的。同学家前面是一口偌大的池塘，池塘里开满了荷花，荷花羞答答地盛开，争俏争春，肖小燕就站在池塘边上。她不施粉黛，天然清纯，穿着粉红色的连衣裙，亭亭玉立，风姿绰约，跟池塘里的荷花有的一拼。肖小燕的腰间系着一根小布条，显得那腰只有盈盈一握，她的胳膊全露出来了，小腿露出来一段，都匀称白皙，像两截嫩藕。当然，更好看的是那张苹果一样的脸蛋，以及恰到好处地搭配在一起的五官，尤其是那双水汪汪的、含情脉脉、会说话的大眼睛。

肖小燕心里认可陆贵比较早，他是球星，她是球迷，她为他加油，喊到嗓子都哑了。但是球场上球员很少，球场边观众很多，他们没有一对一、面对面的机会，直到开学一个多月后，在系里举办的迎新舞会上。肖小燕小时候学过舞蹈，她代表新生报了个节目，就是在晚会上表演舞蹈。看到天鹅一样翩翩起舞的肖小燕，陆贵着了迷，当即把肖小燕的性格、年龄、所在班级和宿舍摸了个门儿清。随后两三个月，陆贵把时间和精力都放在肖小燕身上，对她展开了暴风骤雨、死缠烂打般的追求，他成了她的影子，她在的地方，他就在；他包揽了她的日常，又是请她吃饭，又是给她送花，又是给她买零食，又是给她买化妆品，又是叫她看电影，又是陪她逛街购物。

陆贵越是殷勤，肖小燕越是冷处理。她对陆贵有好感没错，但她怕陆贵是三分钟热度，经不起时间的消磨和考验。

所以，陆贵越是追得紧，肖小燕越是刻意保持距离，收陆贵的礼物也是半推半就，跟陆贵约会也是若即若离。元旦那夜，他们的关系终于有了突破，两个人一起跑到南门口去吃消夜。那天晚上，南门口夜市人山人海，热闹非凡。吃完小龙虾回来，陆贵把肖小燕送到了520女生宿舍，当时天色还早，其他人都还没有回来。回到宿舍，肖小燕尿憋，上了一趟厕所，乘这个空隙，陆贵翻开了肖小燕桌上的一本书，是陕西作家陈忠实写的《白鹿原》。书页中间夹了一张照片，陆贵一看就喜欢上了。陆贵不敢向肖小燕要，怕她不给——他估计，肖小燕大概率是不会给他的，不得已，陆贵偷偷地把那张相片塞进了裤兜里。等肖小燕从厕所出来，陆贵赶紧告别肖小燕，揣着那颗如获至宝的心，逃也似的离开了。一路上，陆贵不敢停留，他生怕肖小燕发现了，追上来，把相片要回去。

对那张相片，陆贵格外珍惜，就连夹相片的书，也跟肖小燕一模一样，他跑了一趟新华书店，也买回来一本《白鹿原》，把相片夹在里面。有了肖小燕的照片，翻来覆去地端详这张照片，就成了陆贵的重要日常。他每天不看九十九回肖小燕的照片，天是不会黑的。每天上床闭上眼睛，进入睡眠的最后一眼，是看一下肖小燕的照片；第二天起床睁开眼睛的第一眼，是看一下肖小燕的照片。有时候，陆贵一边看，一边用手指头抚摸，有人的时候给照片一个飞吻，没人的时候给照片一个亲吻。陆贵陶醉其中，无比痴迷，无比享受。看着室友们羡慕的样子，陆贵自豪地说："这照片，是肖小燕亲自送给我的！"

那天上课前，因为沉浸看相片，沉浸在对肖小燕的遐思遐想中，没有把握好时间，去上课有点儿迟了，陆贵差不多是踩着铃声，一路小跑进的教室。陆贵进教室的时候，华老师已经开始上课了。由于匆忙，所以忽略了，看完照片去上课前，陆贵把照片夹回《白鹿原》，随手把书放在书桌上，而不是稍高点儿的书架上。

那天课堂上，陆贵格外心神不宁，预感到有什么事情将会发生。他是体育生，上课本来就容易分心，他以为是两天没有见到肖小燕了的缘故。顺了肖小燕的相片，陆贵做贼心虚，已经两天没有找肖小燕了。等到第一节课下课，陆贵去隔壁教室找肖小燕，不料，肖小燕请假了，打手机，肖小燕关机了。陆贵心里难受，再上课的时候，他更加心神不宁，满脑子都是肖小燕那张俊俏的脸，那双水汪汪的大眼睛，那个苗条修长的身段，总之，陆贵满脑子里都是肖小燕。

找不到肖小燕的人，能够平复陆贵心情的，就是看肖小燕的相片了。下课铃声一响，陆贵第一个冲出教室，像一支离弦的箭，向着宿舍射去。他准备回到宿舍，第一时间拿出肖小燕的相片，一边看，一边亲，望梅止渴。

进了宿舍，陆贵迫不及待地抓起书来，打开一看，里面什么都没有。

照片呢？肖小燕的照片呢？

陆贵清楚地记得，离开宿舍的时候，他把它夹在了《白鹿原》里面。

陆贵只觉得脑袋里面嗡嗡作响，心像被狠狠地撞了一下，惊出了一身冷汗。他突然感到脚下有些不对劲，低头一看，地上全是碎片，全是相片的碎片，他最担心的事情发生了，肖小燕的相片被撕碎了，粉身碎骨地躺在地上。陆贵血冲脑门，心如刀绞，他愣了片刻，弯下腰，蹲在地上，想把碎片捡起来、拼起来。

让陆贵伤心欲绝的是，他认认真真地拼了一阵，结果没有成功。从窗户吹进来一阵风，把他手上的碎片又吹落了，落在地上，打着滚，陆贵终于绝望地意识到，那张照片拼不起来了！

女神的相片被撕碎，陆贵悲从中来，也怒火中烧，他恶狠狠地扫了一眼，看到仇拾正在对面角落里自顾自地玩耍，怡然自得。陆贵气呼呼地走过去，把仇拾拎了过来，指着地上的碎片，疾言厉色地问道："仇拾，是不是你把叔叔的相片撕了？"

被陆贵老鹰抓小鸡一样拎着，悬在半空，仇拾开始觉得好玩，后来被吓坏了，不由得"哇"的一声大哭了起来。

仇拾的哭，算是回答，印证了陆贵的猜测。在他们1314男生宿舍，除了三岁的仇拾，还有谁会那么不知轻重，不怀好意，把肖小燕的相片撕了呢？

撕东西，仇拾是惯犯，课外书、教科书、作业本，都被他撕过。仇拾也是屡教不改，只要没人看管，他拿到什么撕什么，1314男生宿舍的人或多或少地被仇拾祸害过。

陆贵气急败坏，内心崩溃，他把仇拾扔在地上，情不自禁地扬起手，落下去，重重地掴在仇拾脸上。陆贵一边打，一边恶狠狠地训道："仇拾，你这个有娘生、没娘教的野种，你把叔叔的相片撕了，还有理了，还委屈了，还哭？"

曾枭也下课了，他在楼下就听到了仇拾的哭喊，不由自主加快了脚步，往宿舍跑去。曾枭推门进来的时候，正好撞见陆贵在打骂仇拾。仇晓梅把仇拾托付给他，是对他的最大信任，是要他照顾好仇拾，不要像在520女生宿舍那样被骂被打。看着女神的孩子被打，想着女神的嘱托，曾枭心疼极了，那巴掌比掴在他自己脸上还让他出离愤怒。曾枭气血直冲脑门，怒气冲冲地冲上去，一把把仇拾拉起来，用自己的身体挡在陆贵和仇拾之间，十分不满地说："陆贵，你是个成年人，他只是个三岁小孩，你怎么能动手打他呢?"

"曾枭，我打他，是替他爹妈管教他! 他把我女朋友送给我的照片撕了，该不该打? 我教训他一下怎么了? 小的时候不管教，将来大了，那还不飞打飞杀、无法无天、坏事做尽? 我打他，你心疼了，难道你是他爸? 他是你和仇晓梅生的吗?"

见曾枭不仅没有管教仇拾，还袒护仇拾，帮仇拾说话，陆贵更气了，开始口不择言地数落和责怪起来。

曾枭被陆贵的胡搅蛮缠激怒了，对着他大吼起来："陆贵，你他妈的给我把嘴巴放干净点，不要胡说八道，当心我撕烂你的嘴! 我跟他非亲非故，我是喜欢仇晓梅，我跟她行得端、坐得正!"

"非亲非故？你这么护着他，谁信？"陆贵说，"你跟仇晓梅孩子都有了，还行得端、坐得正？我看你跟仇晓梅是明修栈道，暗度陈仓，在家悄悄把孩子生了，现在带到学校里来了。姓曾的，不管怎样，反正只有两种可能：要么这个孩子是你的，要么是你替其他男人养这个孩子，你这又何苦何必呢？"

"姓陆的，你他妈说什么呢！你还是不是人，还有没有良知，还有没有良心？"曾枭伸出手，对着陆贵的胸部，冲动地推了一把。

这下好了，终于有人先动手了！陆贵伸出手，对着曾枭胸部，毫不示弱地推了回去，力度比曾枭更大。打了小孩，还理直气壮，还打大人？曾枭气不过，又增加了力度，对着陆贵胸部，推了回去。两个人开始你来我往，互不相让，从推搡到拳击，不断升级，最后扭打在一起。

打架要靠实力说话。这场打斗，对曾枭来说，是很不幸的，因为陆贵是搞体育的，身强体壮，牛高马大，在身体和力量上占据着绝对优势。陆贵还是业余拳击爱好者，甚至达到了专业拳手水平，他每周都要去专业八角笼打一两场比赛。在绝对力量和技巧方面，两个人不在一个级别，不是一个档次。

因为是室友，不是仇敌，不是对手，不可能像在八角笼里那样为了胜利、为了荣誉，往死里打，但差距摆在那儿，很快，曾枭只有招架之功，没有还手之力了，两三个回合下来，曾枭被陆贵揍得鼻青脸肿，身上青一块紫一块，鼻梁上挨了一拳，鼻子一酸，热热的液体奔涌而来。

看到跟自己最亲的叔叔被打，仇拾一边哭，一边加入了战斗，他从后面绕过来，对着陆贵拳打脚踢。仇拾的力量太微薄了，于事无补，他的曾叔叔还是节节败退，苦不堪言。看到没有帮上忙，仇拾改变了战术，他一把抱住陆贵的腿，张开嘴，用尽全力咬了下去。

本来陆贵没有把仇拾的小拳小腿放在心上，毕竟他才三岁，力量有限，拳脚落在身上，就像挠痒痒。可被咬了，就不一样了，陆贵感到小腿被咬得钻心地痛，比曾枭落在他身上的拳头痛多了，陆贵下意识地伸出脚，对着仇拾踢了过去，虽然力度不大，仇拾却扑通一声，跌倒在地，后脑勺磕在地板上，发出咚的一声。

这下好了，仇拾干脆躺在地上，撒起泼来，不起来了。他扯开喉咙，撕心裂肺地号啕大哭起来，两个小脚丫在地面上来回摩擦，鞋都磨掉了，光着脚丫，露出臭烘烘的脚趾头。

曾枭见状，豁出去了，不顾一切地跟陆贵干了起来，像个拼命三郎。

室友们陆续回来了，左邻右舍的同学也闻讯赶过来，他们合力把曾枭和陆贵分开，用身体把他们隔开了。肢体上的争斗是暂时停歇了，语言上的争斗仍在继续，谁都不服谁。

不知道哪个男生给仇晓梅打了电话，把这边发生的事情告诉了她，仇晓梅心急如焚地赶了过来。大人的战斗已经接近尾声，小孩的还没有。仇拾躺在地上，又哭又闹。仇晓梅看在眼里，心疼极了，她弯下腰，蹲下去，把仇拾抱了起来。

看到仇晓梅来了，仇拾哭得更伤心了，像是受到了天大委屈。仇晓梅一边哄仇拾，一边怒气冲冲地责问陆贵："陆贵同学，你怎么打小孩呢？不就是一张相片，至于吗？我赔你就是！"

"你赔我？仇晓梅，说得轻巧，又不是你的相片，想赔就能赔？你拿什么赔我？"陆贵说，"那张相片，是肖小燕送给我的，即使你赔我，意义能一样吗？"

"我要肖小燕重新送你一张不就行了？就为了一张相

片，你就把仇拾打了？你就跟自己兄弟大打出手，把他打成这样了？"仇晓梅痛心地说。

"是曾枭先动的手，我是正当防卫，只不过有点防卫过当了！不是我嘴贱，这个小孩天生就是个坏种，在你们520女生宿舍待不下去了，就跑到1314男生宿舍来祸害我们？你不要替他隐瞒，肖小燕把他在你们女生宿舍的情况全部告诉我了！"陆贵说，"你要赔我肖小燕相片，有那么容易吗？那张相片，我估计肖小燕都没有了，她把唯一一张送给我了！"

"肖小燕送你的？肖小燕说她丢了一张相片，是不是这张？我们试试看，我把肖小燕的相片赔你了，你给曾枭和仇拾道歉！"仇晓梅说。

被拆穿谎言，陆贵语塞，可他还是不甘示弱："仇晓梅，你想要我道歉也可以，你赔了我相片再说！"

陆贵是太心疼那张相片了，那张相片不是肖小燕送的，是他在肖小燕那儿顺的，对他来说，肖小燕的相片比什么都重要，只要仇晓梅能够赔他肖小燕的相片，要他做什么都愿意。

"晓梅，算了，我们不跟四肢发达、头脑简单的人一般见识!"曾枭说,"相片不用赔他了,我不要他道歉了,我以后不跟这种人来往了,惹不起,我躲得起,见了他,我绕道走。走,我们先去校医务室,好好检查一下伤势再说。如果仇拾有什么内伤,我跟他没完,我要向学校反映!"

作为体育生,陆贵确实觉得自己的智力比那些正常考到这个大学来的同学要差些,就像上课,其他同学理解起来从容不迫、游刃有余,而他理解起来,却相当费劲,这就是智力差距,也是陆贵特别忌讳的地方,陆贵最怕别人揭他这短了,他气急败坏地回击:"你们这对狗男女,未婚先育,伤风败俗!向学校反映?我好怕呀!你们要说话算话,我等着,谁不向学校反映谁是他妈的孙子!"

陆贵像泼妇骂街了!看来,他是铁了心准备闹下去!陆贵打小孩、跟同学打架是理亏,可要闹到学校,他笃定仇晓梅和曾枭不敢,毕竟仇拾来路不明,毕竟两个大一新生带着一个小孩来上学,不是一件很光彩的事情,他们肯定没有向学校报备过,给他们一百个胆,他们都不敢向学校反映。

确实,事情闹大了,对谁都没有好处,尤其是对他们母子。这种事情,闹到学校,还不知道怎么收场呢,弄不好自己会被学校处分,甚至开除,至少会让仇拾没有办法继续在学校待下去。仇晓梅只得哑巴吃黄连，忍气吞声，准备止息干戈。仇晓梅抱起仇拾，招呼曾枭："阿枭，走！我们不跟他计较，先去医务室看看伤！"

三个人开始往外走，这场大战终于停下来了，围观者陆续散去。

走出宿舍，仇晓梅左看看、右看看，还伸出手来，不断往仇拾身上摸，边摸边问他痛不痛。还好，仇拾没啥；她又开始心疼起曾枭来。为了仇拾，曾枭被打，伤明摆着，他的脸被打肿了，血都流出来了，仇晓梅既心疼又感动，一份异样的感情在她柔软的心里无限地膨胀起来，她用眼睛的余光偷偷瞟了一下曾枭，发现这个男生是那样帅气逼人、玉树临风，而且路见不平、拔刀相助，值得信任！

那一刻，曾枭成了仇晓梅心中的英雄，大英雄——虽然曾枭没有陆贵那样高大强壮的体魄，在跟陆贵的争执打斗中，处在下风，可是，英雄从来都不是以输赢论的，尤其是某个女生心中的某个男生。

走到半路，仇拾已经不哭了，他挣扎着，要下来自己行走。

仇晓梅轻轻地把仇拾放下来，让他走在自己和曾枭中间。

好了伤疤忘了疼的仇拾又恢复了活泼可爱的天性，他左手牵着仇晓梅，右手牵着曾枭，眼睛一会儿看看这个，一会儿看看那个，心满意足，兴高采烈，十多分钟前被打被骂的不快抛到九霄云外去了。

"妈妈，我错了。"仇拾说，"陆叔叔打爸爸，都是因为我，我不撕肖姨的相片，陆叔叔就不会打我，也不会打爸爸了，我以后再也不撕东西了！"

真是"说者无心，听者有意"，仇拾叫自己"妈妈"，仇晓梅已经习以为常了，接受了；可仇拾叫曾枭"爸爸"，还是第一次，尤其是仇拾当着她和曾枭的面叫"爸爸"。虽然仇拾不明白其中是什么意思，却意味着仇拾对曾枭的感情认可，看来在仇晓梅把仇拾委托给曾枭的这一两个月，曾枭对仇拾没少费心。

听着仇拾叫曾枭"爸爸"，仇晓梅的脸一下子红了，红到了脖子根上，她心里成为被春风吹皱的一湖春水，荡漾起阵阵涟漪，涟漪一环套一环，没有边际地蔓延开去。

仇晓梅瞟了一下曾枭，他的半边脸又红又肿，像天边的晚霞，那肿是被陆贵揍的，那红不知道是被陆贵揍的，还是被仇拾叫"爸爸"后羞的。但被仇拾这么一叫，曾枭也是内心一颤，幸福极了，觉得格外受用，被陆贵揍了都值了，伤也不痛了，觉得没必要上医院了。

"算了，晓梅，我是男人，是男子汉大丈夫，这点伤不算啥！我看你们娘俩饿坏了吧，我也饿了，我们不去医务室了，去饭店吃饭吧，我请你们母子俩痛痛快快地吃一顿大餐，算是赔礼道歉，算是补偿——我没有保护好仇拾！"曾枭说。

"阿枭，你不去看看医生了？你的脸都肿了，鼻子都出血了！"仇晓梅既愧疚又心疼地说，"都是我不好，是我们母子害了你，让你受苦受累了，要请也是我请！"

"陆贵手下留情了，没有痛下杀手，我的伤不碍事。我陪他去过拳击馆看他打拳，他可凶狠了，像一头美洲豹，不少专业拳击手都不是他对手，幸好他没有把对付对手的那股狠劲用在我身上，否则，我早就倒下了，躺平了！"曾枭说，"去医务室看医生也没什么用，无非是用药水擦擦，消消炎，消消肿，然后被校医警告一下！既然如此，还不如不看了，自己到药店买些药水擦擦！"曾枭说，"虽然被陆贵打了，但我觉得值，以后我会继续保护你们母子俩的！"

"你手无缚鸡之力，怎么保护我们呀？"仇晓梅说，"千万要忍住了，不要跟别人发生正面冲突，尤其是像陆贵这样比你强很多的人，你打架，只有挨打，只有吃亏，我不希望你打架，更不希望你受伤！"

仇晓梅是真心感动下的肺腑之言，她越看越觉得眼前这个男生不错，心地善良，敢做敢当，尤其重要的是，他愿意接纳仇拾，愿意为仇拾跟强过他很多倍的反派势力挺身而出作斗争，这正是自己期待的。

想到这儿，仇晓梅哑然失笑了。因为想照顾仇拾，因为仇拾这个拖油瓶，她不敢奢望爱情，打算等仇拾长大了，能够独立自主了，再考虑自己的问题。届时，她可能已经三十多岁了，成为某个城市的大龄剩女。仇晓梅做梦都没想到，爱情来得如此之快，幸福来得如此之快，她都有点儿猝不及防，甚至晕头转向，摸不着头脑了。

曾枭确实喜欢仇晓梅，从他们在家乡小县城火车站上火车坐在一起那刻起，他就喜欢她了，可以说一见钟情。当然，要说曾枭不介意仇晓梅带着一个小孩，那不是真的，曾枭原以为那个小孩是仇晓梅的亲戚，跟着仇晓梅到学校来玩的。现在看来，那个小孩好像是仇晓梅亲生的，这就让他很是犹豫。在曾枭心里，已经做过很多次激烈的思想斗争了，尤其是在夜深人静的晚上，跟仇拾挤在一张小床上，钻进一个被窝里，搂着瘦小的仇拾，想着漂亮的仇晓梅的时候。

其实，当着仇晓梅的面，仇拾改口叫曾枭"爸爸"，不是仇拾一时心血来潮，而是早有心理暗示，水到渠成了。在1314男生宿舍，室友们爱拿仇拾和曾枭开玩笑，逗仇拾喊曾枭"爸爸"，因为室友们都认为仇晓梅对曾枭有意思，否则，仇晓梅不会把仇拾寄放在曾枭这儿，叫曾枭帮她照顾。有时候，室友逗仇拾玩，要仇拾叫曾枭"爸爸"，叫一声，给他一颗糖，但仇拾宁愿没有糖吃，也不愿意叫。

这下被仇拾当着仇晓梅叫"爸爸"，曾枭感到很尴尬，内心却十分甜蜜，就像吃了糖。就是仇拾这声叫，帮曾枭下定了决心，也帮他们捅破了那层窗户纸。

看来，这两个月对仇拾的付出没有白费；看来，因为仇拾挨的那顿打，没有白挨。

那顿晚饭是在仇晓梅做酒水推销的那个饭店吃的，也没有耽搁仇晓梅推销酒水，她每隔七八分钟就跑到各个包间转转，各个桌边看看，问客人需不需要加酒水。饭是记账的，钱从仇晓梅的提成里面扣。吃完饭，曾枭带着仇拾回宿舍，仇晓梅留在饭店继续推销酒水。

那顿饭只点了四菜一汤，在一个小包间里面吃的，很简单，很温馨。主菜是茶油蒸土鸡，不咸不辣，适合仇拾胃口，他一个人吃了两个大鸡腿，还用鸡汤拌了饭。看着仇拾狼吞虎咽、满嘴流油、心满意足的样子，曾枭和仇晓梅开心地笑了。四目相对那一刻，让他们在心里形成了默契，达成了共识：他们一定要让仇拾健康地、快乐地成长，让他将来做一个对社会有用的人！

当然，仇晓梅还惦记着给陆贵赔相片，她得说到做到，陆贵给不给曾枭和仇拾赔礼道歉是陆贵的事，给不给陆贵赔相片，是她仇晓梅的事，毕竟是仇拾毁掉了陆贵视为珍宝的东西，该赔得赔；毕竟仇拾以后还要在1314男生宿舍继续借住下去呢。那天晚上，仇晓梅看把客人照顾得差不多了，就提前下班了。仇晓梅给肖小燕点了一荤一素，买了份盒饭打包带回去。回去前，仇晓梅给肖小燕打了个电话，肖小燕在宿舍里，没有吃晚饭。

看到肖小燕吃得香，仇晓梅开始向肖小燕索要相片。

"晓梅姐，奇了怪了，我们住在一个宿舍里，又是同班同学，抬头不见低头见，八点不见十点见，你要我相片做什么？"肖小燕说。

"小燕，我才不稀罕你的相片呢！"仇晓梅说，"我又不是同性恋，对女生没兴趣。我是替一个心仪你的男生要的，他稀罕你，没有你的相片，他晚上睡不着！我们家仇拾把你送给他的相片撕了，他要我赔他，我答应了！"

"晓梅姐，谁呀？"肖小燕说，"到现在为止，我还没有把我的相片送给任何一个男生呢！"

"就是那个你喜欢的大球星陆贵呀，你经常为他喊'加油'的那个！"仇晓梅说，"陆贵可珍惜你给他的相片了，据说，他每天都要看着你的相片才能入睡。为了你那张相片，他跟曾枭狠狠地打了一架！"

"为了一张相片，都打架了？有这么夸张吗？"肖小燕说，"我想起来了，那张相片不是我给的，是他上次来我们宿舍的时候，趁我没注意顺走的。我当时还奇怪呢，我夹在书里的相片怎么不见了呢，原来是他拿了！晓梅姐，你千万不要误会了，我没有主动给过他什么相片！"

"原来这样啊！小燕，那你更要帮我了，给我三张相片，我赔给他！看得出来，陆贵对你是真心的！"仇晓梅说，"这个世界上没什么值钱的了，除了一个男人对一个女人的真心！"

"晓梅姐，他不是毁了一张嘛，你赔他也是赔一张呀，怎么要三张呢？"肖小燕不解地问。

"一张是赔本，两张是利息呀！"仇晓梅说，"做人也好，做事也好，得让别人舒服，仇拾毁他一张，我赔他三张，他不就高兴了、消气了，以后对曾枭和仇拾肯定要好了。"仇晓梅说，"再说了，你们不是有意思吗？我赔他一张，另两张是你送给他的，借这个机会向他传递一个信息，你不讨厌他！"

"晓梅姐，你是过来人，你见多识广、经验丰富，我听你的！"肖小燕说。

"小燕，你误会了，我哪是过来人呀！"仇晓梅说，"我八字还没一撇呢！"

"这个谁信呀！晓梅姐，你不是孩子都有了嘛！"肖小燕说。

"小燕，你误会了，仇拾只是我亲戚，不是我亲生的，我跟他没有血缘关系！"仇晓梅说，"咱们先不谈仇拾了，你还是帮我一把，给我三张相片，我们一石二鸟，我赔了陆贵东西，也给你们传递了感情！"

肖小燕脸上飞满了红霞，陆贵对她好，她是心知肚明的，追求她的人很多，可以排成连了，对陆贵，肖小燕也有考虑，但还在考察阶段，是不是接受陆贵，肖小燕心里没底，还在犹豫，可被仇晓梅一撺掇，肖小燕终于下了决心。

肖小燕从书桌里把相册取了出来，要仇晓梅帮她挑。仇晓梅也不客气，挑了其中三张，一张是小学毕业时照的，一张是初中毕业时照的，一张是高中毕业时照的。小学毕业的时候，肖小燕还是一个小姑娘，扎着马尾巴，上身格子衫，下身裙子，照片有点发黄，很有年代感；初中毕业的时候，肖小燕出落得亭亭玉立了、明眸善睐，具备了现在的雏形，穿的是连衣裙；高中毕业的时候，跟现在已经没有什么区别了，只是在衣着打扮上，那时候土点，现在洋气点。这三张相片，分别代表了肖小燕的三个里程碑式的成长阶段，意义重大。

"就这三张了。"仇晓梅说，"我要让陆贵了解你的成长变化！"

选好照片，还不到十点，仇晓梅把相片给陆贵送了过去。仇晓梅想，如果今晚陆贵没有肖小燕的相片看，他是睡不着的，对仇拾的恨也会增加的。果然，拿到相片，陆贵如获至宝，喜不自禁。陆贵是因祸得福了，仇拾撕了他一张相片，仇晓梅给他带了三张来；被仇拾撕碎的那张相片，是他顺过来的，很不光彩，除了解决自己望梅止渴的欲望外，没有其他任何意义；仇晓梅赔给他的这三张相片，其中有两张是肖小燕送给他的，心甘情愿地送给他的，这意思和意义不言而喻，代表着他们的关系更上一层楼了。这三张相片，也让陆贵看到了一路走来的肖小燕，弥补了陆贵没有陪伴肖小燕成长的遗憾。

陆贵没想到仇晓梅能赔他肖小燕相片，而且一赔就是三张，出乎他意料。仇晓梅来1314男生宿舍赔陆贵相片的时候，陆贵还坐在书桌前，翻着空空如也的《白鹿原》，越想越生气呢，他在悼念那张被仇拾撕碎的相片，那是他从肖小燕那儿偷偷顺来的，以后要再找这种机会就难了，至少到目前为止，陆贵还不好意思向肖小燕要照片，他怕肖小燕拒绝，因为陆贵觉得他跟肖小燕的感情还没到肖小燕可以心甘情愿地送他相片的时候。

当仇晓梅把肖小燕的相片送过来，陆贵悲喜交加，心潮澎湃，情不自禁地说："晓梅，对不起，你宰相肚里能撑船，不要跟我这样的小人计较！"

"阿贵，我们也不对，是我们没有管教好仇拾，毁了你最宝贵的东西!"仇晓梅说,"不过,你也因祸得福了,我能从肖小燕那儿拿到三张相片赔你,说明了你在肖小燕心中的分量,肖小燕从来没有把她的相片给过其他男生,这三张相片,有一张是我赔你的,另外两张是肖小燕送你的!你得抓住机会,追求她的男生可多了,每天晚上都有男生来约她出去看电影、散步、跳舞!"

"谢谢你了,晓梅!"陆贵抓起仇晓梅的手,热泪盈眶地说。

看到仇晓梅来了,曾枭和仇拾也过来了,陆贵向他们赔了礼、道了歉,他们终于相视一笑泯恩仇了。

看着眼前这个瘦小的小女生,陆贵突然觉得她很高大,胸襟坦荡,他自愧不如,很是佩服;她以德报怨,不仅没有怪他打了她的孩子和男人,还帮自己穿针引线,传递信息,解决了他当前最大的感情困惑——陆贵一直琢磨不透肖小燕对他的态度,仇晓梅帮他揭晓了答案。

仇晓梅是一语惊醒梦中人,陆贵得听她的,抓住机会,主动出击,不能让其他男生捷足先登了。那天晚上,仇晓梅走后,陆贵翻来覆去地端详着肖小燕的三张相片,悲喜交加,心潮澎湃,他苦尽甘来,听到了冰雪融化的声音,春暖花开的声音，琴瑟和鸣的声音。那天晚上，陆贵失眠了，黑暗中，他睁着眼睛，望着窗外，他看到了翌日凌晨第一缕光亮穿云破雾，呼啸而来，透过窗玻璃，照进1314男生宿舍，映入眼帘。

那是映入陆贵眼帘的第一缕光亮，天亮了，他的天亮了，陆贵翻身起床，一日之计在于晨，爱情问题解决了，他全身都是动力。

第八章

　　校园是个小社会，社会是个大校园。社会和校园本质上没什么区别，坏事长了翅膀，传得飞快。虽然当事双方息事宁人，没有向学校反映，但曾枭和陆贵大打出手的事，还是传到了华老师耳朵里，让他非常震惊。

　　这是华老师带这个班级半年来，首次出现打架斗殴事件，据说还有人受伤了，伤得不轻，甚至流血了。男生女生都在传，影响很不好。传着传着，就成了谣言，最恶劣的版本是两个男生为争夺一个女生大打出手，其中一个男生是女方前任，他们孩子都有了，另一个男生是女方现任，要横刀夺爱，把前任及其儿子打了。

　　这事儿要是传到校领导那儿，被追究起来，不光彩不说，他这个做班主任的，轻则作检讨，扣奖金，受处罚；重则能力受质疑，担任班主任却不能及时了解学生动态、化解学生矛盾，没法胜任这份工作。

围观者看到的是两个男生为女生和孩子大打出手，头破血流；华老师关心的是两个男生为什么打架，他既要教育学生，又要弄清事实、化解矛盾，防止打架斗殴卷土重来。

都是二十岁左右的年纪，都是血气方刚的个性，谁都不愿意服谁，事实不弄清楚，矛盾不解决，卷土重来的可能性相当大。要解决矛盾，就得找到问题源头。问题源头找不到，矛盾就化解不了，隐患就会一直存在，有朝一日再被引爆，那是大概率事件。

了解来了解去，华老师弄清楚了，又是仇拾，又是仇晓梅，他们就像导火线。是他们俩，那就很好理解了，原因肯定跟520女生宿舍大同小异。仇拾是个小孩，他啥都不懂，找他来没什么卵用，华老师不得不把仇晓梅请到他宿舍，两个人推心置腹地聊了起来。

正式交谈前，无论华老师，还是仇晓梅，都已经意识到，必须给仇拾一个独立成长的空间了，否则，只要仇拾在，为他争吵、为他打架斗殴的事件就不会断绝，以前是

520 女生宿舍，现在是 1314 男生宿舍——不得不说，仇拾是颗定时炸弹，无论是女生宿舍，还是男生宿舍，只要仇拾在，就会鸡飞狗跳、不得安宁。

当然，他们更要为仇拾着想，毕竟他是个孩子。仇拾已经三岁了，这个年龄的城市小孩，已经上幼儿园了，开始读书识字了，正式接受学前教育了；开始发掘天赋，培养兴趣了；开始交朋结友，形成自己的朋友圈，拥有自己的小天地和人际关系了。

这个问题很重要、很迫切，如果得不到解决，就会影响仇拾的心理健康，甚至让他输在起跑线上，影响他的一生。

对学前教育的重要性，从农村混出来的华老师和仇晓梅都有深刻的体验和认识。比起那些条件优渥的家庭，他们都是教育资源分配不均的受害者，如果他们的幼儿园、小学、中学教育条件好点，他们的起点和奔跑速度就不一样，他们的人生就不一样，值得庆幸的是，他们终于跳出了农门，上了大学，来到了城市，落地生根，命运随之改变，前途一片光明。

如果让一个三岁小孩一直生活在没有共同兴趣和话题的大学生当中，那样既会给大学生的日常生活造成巨大困扰，又会给小孩的成长和心理造成巨大困扰，一切都那样格格不入。

作为已经成年的大学生，在自己利益不受到大冲突大破坏的情况下，是可以选择性地忽略仇拾的存在的。作为心智不全的小孩，是没有那么强的调节能力的，长此以往，会对他的性格形成、心理健康造成巨大影响。这种影响可能是负面的、消极的、深远的。事实上，这种负面的、消极的影响已经存在，并且在不断恶化，仇拾爱撕东西，就是一个明显的症状。

"同学们都在传的，你听说了没有？"华老师问，"他们都说曾枭和陆贵为你争风吃醋，大打出手呢！"

仇晓梅掩嘴笑了："狗似玃，玃似母猴，母猴似人！他们甚至以讹传讹，说仇拾是我和曾枭的私生子呢，华老师，您信吗？"

"如果我不清楚事实，我当然信了！"华老师说，"其实，晓梅，不管信不信，都必须要给仇拾找一个独立生活的空间了，这对他的成长有好处！"

"华老师，这些天我也这么想，仇拾爱撕东西的毛病越来越凸显了，而且不知轻重，好像上瘾了！如果仇拾有玩伴，注意力分散了，就不会这样了。"仇晓梅说，"我咨询过咱们学校的一位心理学教授，他直言不讳地告诉我，仇拾是因为经历独特，心灵受过较重创伤，没有安全感，紧张；没有玩伴，孤僻，才爱上了撕东西的——因为注意力得不到分散和转移，于是渐渐地成了习惯。如果能够给他提供宽松舒适的生存环境，让他敞开心扉，多交同龄朋友，这种不良行为是完全可以缓解、可以根治的。但是要趁早，如果不趁早，将来可能发展为自闭症！"

"是的，晓梅，仇拾还是个孩子，跟动物没什么区别，但我们不能把他当动物养，给他吃，给他喝，让他有地方睡就行了，还得注重他的教育问题。看得出来，跟同龄人相比，仇拾的心智是落后的、不成熟的，甚至是不健康的！"华老师语重心长地说，"我们得高度重视起来，不能再这样下去了。如果让他继续待在男生宿舍，不仅对他成长不利，而且问题将继续，甚至不断恶化，男生为他打架斗殴不止，下次可能是曾枭跟其他室友——曾枭可能因此把1314男生宿舍的室友得罪完，跟你当初在520女生宿舍一样；仇拾也会越来越自我封闭的！"

"是呀，华老师，这是个问题。曾枭和陆贵打架，不能怪两个男生，学校要怪就怪我吧！如果学校要处理，不要处理他们，就处理我吧！"仇晓梅说，"一切都是仇拾惹的祸，一切都是我们的错！如果不是仇拾撕了陆贵的相片，陆贵就不会教训仇拾了，曾桌和陆贵就不会打架了！"

"听说问题已经得到圆满解决，你把相片赔给陆贵了，陆贵向你们道歉了。晓梅，你处理和解决问题的能力很强，在我们班上首屈一指！"华老师竖起了大拇指，"我建议你下个学期竞选班长，我们班需要一个解决问题能力极强的领头羊！"

"华老师，您高看我了！我能够把自己养活，能够把仇拾教育好，就不错了。我现在都焦头烂额，分身乏术，做班长，没有时间，也做不好！"仇晓梅说，"现在都是我在给班上同学添乱，给老师添堵，给学校添堵，哪有资格竞选班长？"

"晓梅同学，我今天叫你来，不是批评你、教育你，找你算账，要处分你。你哪来的错呢？说到错，仇拾父母是有错的。你的所作所为，让我看到了人心的善良、人性的伟大！"华老师说，"其实，你做的这件事，是一件大好事，很伟大，很光荣，值得肯定，值得表扬！要是没有你，仇拾能不能活下来，都是个问题。作为你的班主任，碰到了，我就不能置身事外，我希望尽我的能力，给你们提供力所能及的帮助。我个人认为，眼下最急迫、最紧要的，是创造条件，给仇拾一个健康快乐的成长环境！"

"华老师，您说到我心坎上去了，我做梦都想啊，可是我能力有限，有心无力，我能够让他有饭吃，不挨饿；有衣穿，不受冻；有地方睡觉，不流落街头，已经是我能力的天花板了。不瞒华老师说，我现在举步维艰，寸步难行，对仇拾照顾不够、管教不好，辜负了他对我的信任！"仇晓梅说。

"晓梅，你已经做得够好了，不要自责了！作为他的养母，你比他的亲生母亲做得好多了！"华老师说，"这样吧，我建议你们租一套房，哪怕一个单间都可以，让仇拾有个单独空间，有他自己的一片小天地；然后想办法把他送到幼儿园去，像其他城市孩子那样接受学前教育，让他跟自己同龄孩子玩耍，有他自己的朋友圈！"

"华老师，这两件事，我也想过呢，做梦都在想啊！"仇晓梅说，"可是我只能想想，将其作为未来的一个奋斗目标，目前我还没有办法和能力实现这个目标！租房，暂时还不行，我还没赚到钱，糊口都难。送他上幼儿园，我两眼一抹黑，脚下没门路！几天前，我去学校附属幼儿园咨询过，被拒绝了。仇拾的户口不在长沙，甚至可以说他是'黑人'，没有户口，没有哪个幼儿园愿意接收他。我也跑去问过学校附近几个社会资本创办的托儿所，费用太高了，远远超出了我的承受能力！"

"晓梅，办法总比困难多。我们活着，就是要面对问题、克服困难的，办法我们一起想，困难我们一起克服！"华老师说，"这些问题已经来到眼前了，我们没有办法逃避，只能面对。随着仇拾年龄增长，避是避不开的，绕是绕不过去的——能早点解决就早点解决，我们先易后难，一个个地来！"

"华老师，您要我勤工俭学可以，搞好学习可以，但这两个问题，对我来说，太难了，比蜀道还难，可以说我是没有办法解决的。"仇晓梅说，"其实，我都想过了、试过了，找不到一点头绪，没有任何进展。坦率说，我被这两个问题搅得寝食难安，整宿整宿地失眠，早上洗头发，盆子里漂一层，乌黑乌黑的。即使最简单的租房，哪怕一个单间，我目前都无能为力，还要等上一段时间——我暂时没有多余的钱，付不起房租！"

"晓梅，要不，你看这样行不行？你们娘俩搬进我这个宿舍来！"华老师说。

"那您呢？"仇晓梅大吃一惊，脸红了，她以为华老师要她和仇拾搬进来，跟他住在一起。那怎么行呢，自己又不是华老师女朋友！

"你们搬进来，我搬出去——我在外面租一套房子临时过渡一下。我跟我女朋友一起凑钱买的新房还在装修，还要过一段时间才能住进去。"华老师说，"我女朋友觉得这个单身宿舍空间太小了，住起来很不舒服，她不愿意来。我们正在筹备婚礼，结婚了，我们不可能住在这个狭窄的单身宿舍里面的。"

"华老师，那太感谢您了！"仇晓梅激动地说，眼泪在眼眶里打转，"华老师，我按目前的市价给您付房租，可我现在没钱，得先欠着，将来有钱了，我第一时间把钱还给您，行吗？"

"晓梅，房租你就不要付我了，你们尽管住着，虽然我们跟其他刚从学校毕业、走上社会的年轻人一样，普遍缺钱，严重缺钱，可房租这点钱，对我来说，意义不大，既解决不了我们的问题，也造成不了我们的困难，我们缺大钱！"华老师说，"你为素昧平生的仇拾付出那么多，还要继续付出那么多，作为你的老师，我希望能够为你分担一点，可我能力有限，自己也有一大堆事，只能尽点心意！"

其实，自从仇拾被520女生宿舍扫地出门那天起，仇晓梅就滋生了一定要在外面租房的想法，她既不想让室友难堪，又不愿意仇拾受伤害。后来，跟520女生宿舍其他三个姑娘关系好了，贺怡曾经建议她把仇拾从1314男生宿舍接回来，肖小燕和林婉儿也同意，但仇晓梅自己不同意。两天前，仇拾撕了陆贵女朋友照片，曾枭和陆贵大打出手，仇晓梅在匆匆忙忙赶往1314男生宿舍的路上，那个在外面租房的念头就像被按压在水里的皮球一样，又不顾一切地浮了上来，而且更加迫切、更加强烈了，可以说迫不及待了。

"华老师，您是我们的大恩人，您已经帮我解决了当前最棘手的大难题，我心满意足，感激不尽了！"仇晓梅真心地说。

"那你们今天就住过来吧，现在就搬，晚上就住这儿。"华老师说，"你们来了，我今晚住我女朋友那儿去，这是房子钥匙！"

从华老师手里接过钥匙，他们开始忙着搬家。华老师行李不多，把衣服、必要的书籍打了包，装进行李箱，拉着走了。仇晓梅和仇拾的行李也不多，搬起来很简单、方便。当天下午，他们跑了两趟，就搬完了。

太阳下山，华灯初上的时候，520女生宿舍的女生、1314男生宿舍的男生都闻讯赶了过来，祝贺仇晓梅和仇拾乔迁新居。当然，他们没有空手来，而是认真商量合计后，买了很多礼物过来，床上用品、家用小电器、儿童玩具，应有尽有，把仇晓梅计划有钱了再采购的东西都送过来了。

搬进了新房，不用再担心被人打骂了；有了新玩具，想玩什么就玩什么，要玩多久就玩多久，仇拾高兴得手舞足蹈，合不拢嘴——他沉浸在玩具的世界里，物我两忘，宠辱不惊。仇拾精力充沛，手忙脚乱，一会儿玩遥控汽车，让它在屋子里横冲直撞；一会儿玩仿真动物模型，用力捏着它们，让它们发出各种逼真的鸣叫。小小宿舍里挤满了仇拾稚气的、无邪的、肆意的笑声。

其他同学陆续走后，陆贵和肖小燕也过来了。他们是结伴来的，来得比较晚。看得出来，他们故意避开了其他人。仇晓梅敏感地意识到，这里面有两个原因：一是因为陆贵刚跟曾枭为仇拾打过一架，大家都知道了，他有点儿不好意思；二是陆贵和肖小燕的恋情取得了突破性进展，肖小燕已经接受陆贵了，但还没到公开的时候，他们暂时还不想更多人知道。

陆贵是扛着一大包东西进来的，那包东西是一张优乐博娃娃床。把床放下来，陆贵走到仇晓梅面前，真心地恭维说，仇晓梅是宰相肚里能撑船，不计前嫌，以德报怨，为他和肖小燕牵线搭桥，是他们的月下老人，是他们俩不折不扣的大恩人，他们俩忘不了她的大恩大德。

"阿贵，月下老人是千年老妖了，她满头白发，满脸皱纹，拄着拐杖，走路颤颤巍巍的，你看我有那么老吗?"仇晓梅开着玩笑，"都说'宁拆十座庙，不毁一桩婚'，如果你们成了，那我是功德无量，你们将来结婚了，记得请我喝杯喜酒，记得给仇拾准备一大袋喜糖!"

"这个自然，晓梅姐，我们成了，您就是我们的再生父母，我们哪敢忘了您呀!"肖小燕说，"阿贵，我们是要真心感谢晓梅姐的。当初，接不接受你，我一直很犹豫，拿不定主意! 是晓梅姐告诉我，从你顺走我的相片，相片被撕后很伤心的表现上，看到了你对我的真心! 否则，我跟其他人对你的认识一样，以为你头脑简单，四肢发达，是个莽夫，没有什么可取之处！"

"晓梅姐是真正胸怀坦荡，言行磊落，没有私心，处处为别人着想！为弥补我的过错，表达我的悔意，我特地给仇拾订了一张小床，希望这张小床能够让他睡得安安心心、舒舒服服。"陆贵说，"我想你们母子俩挤在一张单人床上，睡起来不舒服！"

陆贵一边说，一边拆包装，从中取出说明书，按照图示说明组装娃娃床。他动作娴熟，组装起来毫不费劲，就像一个能工巧匠。

那张娃娃床偏大，长一米五，宽一米二，里侧靠墙，外侧装有护栏，防止仇拾半夜睡迷糊了，从床上滚落下来。

"没想到陆贵看上去是个粗线条，做起事来却是张飞穿针——粗中有细！"仇晓梅对着肖小燕悄悄耳语，"小燕，你捡到宝了，得好好珍惜！"

"晓梅姐，阿贵父亲是木匠，他有遗传基因，装起床来轻车熟路。"肖小燕说，"不过，以前不觉得，我现在看他，发现他确实还是有优点的。我感谢晓梅姐了，以后我也听晓梅姐的，你说珍惜他，我就珍惜他；你说甩掉他，我就甩掉他。晓梅姐，你是我们520女生宿舍的大姐大，是我们的知心姐姐，为我们树立了为人处世的榜样!"

"小燕，你以前看他全是缺点，因为你没有接受他之前，是用挑剔的眼光看他；你现在看他全是优点，是因为你接受他后，用发现的眼光看他，心里全是爱，恭喜你们进入感情新阶段了。我已经从520女生宿舍搬出来了，不是你们的室友了!"仇晓梅说。

"哪里呀，晓梅姐，你永远是我们520女生宿舍的大姐大，520女生宿舍永远是你的家，我们随时欢迎你回家!"肖小燕说，"我们把你的床位保留了，也铺上了床垫，套上了被褥、枕头，挂上了蚊帐，跟你在的时候一模一样，让我们感到你还在520女生宿舍一样! 你想回来住就回来住，我们随时欢迎!"

"那就谢谢姐妹们了，我争取每周末带仇拾回520女生宿舍住一晚，跟你们一起过过集体生活，不能让你们把我给忘了!"仇晓梅说。

"这样好，我们就不会生疏了，你也没有脱离组织!"肖小燕说。

两个女生谈笑间，陆贵已经把娃娃床装好了，娃娃床的一头靠着大人的床，两张床首尾相接。

仇晓梅和肖小燕一起，给娃娃床铺上了床垫，套好被褥，给枕头套上枕套，一切就绪，仇拾迫不及待地脱掉鞋，爬上床，在床上翻起筋斗，打起滚来。

"妈妈睡这头，拾拾也睡这头，妈妈和拾拾就可以头抵着头，晚上听妈妈给拾拾唱歌、讲故事啦！"仇拾打着滚，兴奋地说。

这是仇拾收获最大、最开心的一天，他把叔叔阿姨送给他的新玩具，以及以前的玩具，统统搬到了小床上，他准备让他的玩具陪着他睡觉，第二天早上醒来，一睁开眼，就能跟自己喜欢的玩具一起玩。

被仇晓梅捡到，跟着仇晓梅到学校，仇拾一直都是跟大人睡的，先是跟仇晓梅，后是跟曾枭，他蜷缩在大人怀里，翻个身、伸个腿都不方便，现在终于有自己的小床，有自己的天地了，这是他做梦都想的，能不高兴吗？尽管仇拾只有三岁，可他也是有梦的人、做梦的人了。

仇拾三岁，仇晓梅要在长沙读完四年本科，毕业的时候，仇拾正好七岁。也就是说，在仇晓梅大学毕业，离开学校，参加工作，开始新生活之前，这张娃娃床已经够用了。

事物都有惯性，也就是"势"。势来了，人走运了，好事会接二连三地来，挡都挡不住。他们搬进新房一周后，华老师过来看他们，给仇拾送来了下个学期的幼儿园入园通知书。

原来，华老师给学校打了一份申请报告，希望学校特事特办，协调校属幼儿园解决仇拾的入园问题，让仇拾跟其他同龄孩子一样接受正常的学前教育。华老师把仇晓梅和仇拾的具体情况写了一份详细材料，附在了报告后面。

这件事情，华老师是瞒着仇晓梅办的。因为华老师没有多大把握，抱着试试看的心情办的，他不敢告诉仇晓梅，怕办不成打击了她。写好材料，打好报告，订在一起，华老师去找系主任，把仇晓梅和仇拾的情况作了汇报。系主任很感动，爽快地在申请报告上签上了自己的意见和姓名。华老师又去找院长，院长见系主任同意了，也签字同意了。华老师再去找校长和书记。校长和书记认真地听了华老师汇报，郑重其事地在报告后写道：请校属幼儿园高度重视，充分配合，特事特办，尽快解决好仇拾小朋友的入园教育问题！

拿着校长和书记签字同意的报告，华老师找到校属幼儿园园长，园长看完报告和材料，二话没说，当即表态接收仇拾，给仇拾办了入园通知书。华老师告别园长的时候，园长拉着华老师的手，说："华老师，既然校长和书记都同意了，仇晓梅又要上课，又要勤工俭学，很不方便，那就不用等到下学期开学了，让仇拾小朋友明天就来幼儿园报到上学吧！"

这真是个天大的好消息，是他们做梦都不敢想的，仇拾能够进幼儿园上学了，可把母子俩高兴坏了。仇晓梅高兴，是因为仇拾的学前教育问题解决了，她也可以腾出时间和精力来加强学习以及勤工俭学了。仇拾高兴，是因为他知道幼儿园里有很多跟他一样大小的小朋友，幼儿园里有很多好玩的，幼儿园里有漂亮阿姨，幼儿园里的漂亮阿姨从不打骂小朋友。

第二天要上学，那个晚上，仇拾高兴得一宿没睡，他坐起来好几次，揉着惺忪的眼睛，望向窗外，看天亮了没有。第二天是仇拾入园的重大日子，天刚刚亮，仇拾就从床上爬了起来，嚷着要去幼儿园。仇晓梅给仇拾换上新衣服，匆匆忙忙吃完早餐后，仇拾背上华老师送给他的新书包，高高兴兴地去上学。

打开门，走出宿舍，母子俩意外地发现外面站满了人。华老师、520女生宿舍的女生、1314男生宿舍的男生，都在等候了。他们都商量好了，要一起送仇拾上幼儿园。一行人浩浩荡荡，把仇拾围在中间，向幼儿园走去。

到了幼儿园，也有惊喜，幼儿园的欢迎仪式同样隆重热闹，幼儿园门口，风韵犹存的园长带着年轻漂亮的班主任和男女两队天真稚气的幼儿园小朋友在列队欢迎。看到那么多小朋友来迎接自己，仇拾眉开眼笑、手舞足蹈。在短暂的害羞和拘谨过后，仇拾跑步走进队伍中，跟着小朋友一起唱歌、跳舞、嬉戏、追逐、捉迷藏，打成了一片，根本不像一个新来的。

那天的仇拾，心情来到了春天里。他的笑容像春天的花朵一样灿烂，他的笑声像春天的鸟鸣一样清脆，他的身影就像春天万花丛中的蝴蝶和蜜蜂，忙忙碌碌，翩翩起舞，不停穿梭。这是仇拾跟了仇晓梅以来，最开心、最幸福的一天，在幼儿园，他一下子认识了很多小朋友，尽管他不记得每个小朋友的名字，但每个小朋友都对他笑脸相迎，跟他一起愉快地玩耍。

至此，关于仇拾的故事，可以告一段落了。总的来说，这个故事很奇特，也很感人。因为与众不同，所以就像长了翅膀，长沙当地的报纸和电视台也知道了，他们慕名前来，找到仇晓梅，要进行采访报道，但被仇晓梅婉拒了。仇晓梅不想自己的生活被打扰，更不想仇拾的生活被打扰。

拒绝媒体采访的时候，仇晓梅说了一句让记者打消采访念头的话："谢谢你，我不是什么先进典型和榜样人物，我只是做了一个有良知有良心的中国人都会做的事情，谁碰到了都会跟我做出一样的选择，没有什么值得报道的！"

虽然没有媒体报道，这件事还是口口相传，校内师生都知道了，产生了很大的正面影响。仇拾入园后，华老师又拿着材料忙开了，他跑学校，跑街道居委会，跑派出所，跑民政厅，前前后后十多趟跑下来，签了很多字，盖了很多章，放寒假那天，华老师把一张绿色户籍卡送到了仇晓梅面前。

华老师终于帮仇拾把户口落下来了，仇拾跟仇晓梅的户口一样，仇拾的户口也落在学校的集体户头上！

拿着仇拾的户籍卡，仇晓梅终于忍不住了，掩面而泣，喜悦的泪水在她脸上肆意流淌，就像两条活泼欢快的小溪。

从此以后，仇晓梅再也不用担心仇拾是个"黑人"了！

这张户籍卡，既扫清了仇拾成长道路上的障碍，也帮仇晓梅解除了后顾之忧，仇拾可以像这个城市的其他孩子、正常家庭的孩子那样享受正常成长的权利了。

这既是个天大喜讯，也是个天大礼物！

几番折腾下来，大家都知道了仇晓梅和仇拾的真实关系。在他们看来，仇晓梅就像一道光，照亮了他们心里的阴暗；仇拾也成了大家的孩子，尤其是520女生宿舍的女生、1314男生宿舍的男生。为接送仇拾，他们专门建了一个微信群，谁有空谁去接送，在群里吆喝一声就行了。

母子俩居住的那个单身宿舍，也成了520女生宿舍的女生和1314男生宿舍的男生有事没事都要去串门，甚至聚会聚餐的共同场所，尤其是周末的中午和晚上，总有那么三五个人在那里做饭做菜，照顾仇拾，约在一起打牙祭。

仇晓梅要勤工俭学，推销酒水，她工作的时候正是饭点的时候。仇晓梅很忙，但不用担心仇拾没有吃的。总有520女生宿舍的女生和1314男生宿舍的男生约好了，买了肉类、蔬菜、水果、零食、玩具来看望和照顾仇拾，给他做好吃的，同时也给自己改善生活。

在他们看来，学生宿舍与教师宿舍的最大不同，就是教师宿舍能够生火做饭，学生宿舍是不能生火做饭的。有个地方做饭菜，是大学生活期间最期待的美事，这是可遇不可求的。两个宿舍，总有人抽出时间，有时候是一对，有时候是一群，买了自己喜欢吃的荤菜蔬菜，到仇晓梅和仇拾居住的地方来做。他们分工明确，买菜的买菜，洗菜的洗菜，做菜的做菜，做饭的做饭，厨艺不行的，也没闲着，陪仇拾玩耍，教他读书识字。饭后，洗碗的洗碗，拖地的拖地，擦桌子的擦桌子。做饭做菜的时候，那个房子可能脏兮兮、乱糟糟的，等仇晓梅推销完酒水回来，已经被打扫得干干净净了，纤尘不染。

人是感情动物，尤其是小孩，容易健忘，处久了，就有感情了；处多了，感情就深了。在520女生宿舍的不快，在1314男生宿舍的不快，渐渐地被仇拾遗忘，就像遗忘那对狠心抛弃他的父母一样。仇拾也把他们当作了亲人、家人，鬼精鬼精的他给叔叔阿姨们编了号，按照他们的年龄大小，依次叫他们大叔、二叔、小叔；大姨、二姨、小姨。

每个周末是宿舍里人最多、最热闹，小仇拾心情最好的时候。当然，小孩有小孩的乐趣，大人有大人的乐趣。那个地方，也成为520女生宿舍的女生和1314男生宿舍的男生约会聚会、传递和培育感情、谈情说爱的好地方。

大人们懂仇拾，仇拾不懂大人。但仇拾喜欢人多热闹，看到叔叔阿姨们来了，他兴高采烈，就像一个活泼可爱的宠物，一会儿在这个叔叔腿上坐坐，一会儿往那个阿姨怀里钻钻，天真烂漫，无忧无虑。

第九章

已经很长一段时间没有为一个女人感到如此焦躁和难受了，好性情的五金厂老板方向看谁都不顺眼，听什么都不开心，吃什么都没味道，对下属，他无缘无故地发脾气，训斥，不知情的人还以为他公司发展遇到了瓶颈，生意走下坡路，甚至开始亏损了。

其实，真正让方向心里难受的是他好心好意帮助贺怡，却被她无情地拒绝了。

财务连续三个月给贺怡账号打款，都被原封不动地退了回来，方向觉得心里很不舒服。当然，这也不能怪贺怡，不是贺怡翅膀硬了、不懂感恩了，而是他自作自受、罪有应得，让资助性质变味了，贺怡一时难以适应，开始抗拒了。

让方向难受的不是贺怡把款退回来的行为，而是这个行为背后的意义，不需要任何语言，从退款看得出来，贺怡对他的感情的态度是秃子头上的虱子——明摆在那儿的。

平心而论，六年前，方向准备找个穷困家庭的孩子进行一对一资助的时候，他是压根儿没有那个想法的，他只想真心实意地帮人，选一个需要帮助和值得帮助的对象，用自己力所能及的帮助改变一个穷孩子的命运；如果说有点儿私心的话，那就是顺便给自己的儿子方明找一个年纪相仿的参照和榜样，让他明白读书和奋斗的重要性，不能因为有个有钱的父亲就躺平。

方明性格内向，学习不认真，糟蹋了得天独厚的条件，浪费了大好时光。方向通过朋友联系了团省委，从几十名受助对象中挑中了贺怡。方向认真地研究了贺怡的资料，觉得她需要帮助，值得帮助，她的学习成绩十分优秀，她的家庭条件十分艰苦，她跟自己儿子是一年的，一切都符合自己的期望值，尤其是受助表上那双渴望知识的大眼睛撞击着方向的心扉，给他留下了深刻印象，让他动心、牵挂，那一夜辗转反侧、久久难眠。

果然，贺怡不负众望，有了方向资助后，如鱼得水，把更多时间和精力放在学习上，成绩再接再厉，更上一层楼，初中三年，次次考试都是班上第一，中考上了县城最好的重点中学；高中毕业，金榜题名——要知道，即使是县重点中学，贺怡班上也没几个考上大学的，他们那儿教育质量太差了。得知贺怡考上了大学，方向格外高兴，跟知道自己儿子考上大学一样高兴。六年坚持，他要的就是这种效果，用自己的资助改变孩子命运——当然，这个孩子也成了他们家的贵人，如果没有她，方明能不能摆脱公子哥儿的懒散习性考上大学都很难说。

更让方向感到意外和惊喜的是贺怡跟儿子方明考上了同一所大学、同一个专业，分在同一个班。俗话说，不是一家人不进一家门，这些巧合让方向觉得跟贺怡太有缘了，好像冥冥中注定了他们是一家人似的。开学前一天，他们仨在长沙南站会合了。方向惊喜地发现，那个营养不良的黄毛丫头不见了，贺怡已经出落得亭亭玉立，就像西北高原上的一棵小白杨。看到女大十八变的贺怡，方向怦然心动了，觉得一切都是命中注定，是命运女神和爱情女神一起把贺怡送到了他面前，他们一路走来，只能用"今生有缘"来概括和诠释。

方向有钱，但得声明，方向不是那种有钱就变坏、有钱就玩世不恭、有钱就老牛吃嫩草、有钱就玩女人的大老板。他从拾破烂、收废品起步，白手起家，一步一个脚印，渐渐转向五金冶炼，在波谲云诡的商场摸爬滚打多年，凭着敏锐的商业嗅觉、坚强的毅力、吃苦耐劳的精神、诚信为本的声誉，一步步打开了局面，攒下了亿万家财。一路走来，唯一的遗憾是，早期陪他创业、一起风里来雨里去的妻子红颜薄命，同甘苦了，却没有共富贵，在他们事业刚有起色那一年，脑梗了，倒在库房里，撒手人寰。那天晚上，方向从外面忙完回到家里，发现妻子不在，饭也没有做。他意识到不妙，打她手机，电话响了，一直没人接。于是方向去找，最后在库房找到了妻子，但她已经硬邦邦地倒在地上，去世多时了。

十年来，方向既当爹，又当妈，一手拉扯着两个孩子——一个是他儿子方明，一个是他的五金企业。说来也怪，妻子死后，一切顺风顺水，儿子健康成长了，考上大学了，企业一步步做大做强了，成为当地龙头企业了。方向把这一切都归功于妻子在天之灵的庇佑。

十年来，方向没有其他女人，虽然不断有公司下属和生意合作伙伴向他或明或暗地传递感情信号，也有居委会和所在小区的热心大姐给他张罗介绍，但方向对前者装不懂，对后者婉拒，心扉从来没有真正敞开过。方向怕女方奔着他的钱财来，更怕后妈心术不正、感情不端，让自己儿子受委屈，影响他的身心健康和快乐成长。在儿子没有考上大学、独立自主之前，方向暂时没有心思考虑个人问题。现在儿子终于上大学了，方向觉得是时候考虑自己的个人问题了。看到已经长大成人，出落得亭亭玉立，却勤劳朴实的贺怡，方向心动了、沦陷了，觉得贺怡亲切、熟悉，在哪里见过——后来他想清楚了，贺怡像极了他吃苦耐劳的妻子，不仅长得像，脾气性格也像，好像他妻子经历了一个轮回，又来到了他面前一样。方向对贺怡的那种莫名其妙的心跳感觉在长沙南站站台上见面的时候不经意地诞生了。

让方向又难过又自卑的是，他的表白和求爱之路很不顺利，他遭遇了滑铁卢，财富是他的底气，年龄却成了他的障碍，一道无法跨越的鸿沟——财富没有成为他征服贺怡的加速器，这让方向觉得贺怡难能可贵，更让他稀罕。他的态度变化让他跟贺怡的关系变得磕磕绊绊，不像以前那样纯洁自然了，这让他们俩都感到很尴尬。

贺怡上了大学，一切都变了。她开始自食其力，不再愿意接受方向的资助，这让他感到很难过，刚开始他以为贺怡不愿意接受他资助是暂时的，到她没钱用了，没办法了，就自然而然地接受他资助了，接受他资助当然也等于接受他的感情。在同一座城市、同一所大学、同一专业、同一个班的儿子方明，一个月要花五六千块钱呢，他一个月给贺怡打两千块钱都给退了回来，女生比男生花钱的地方更多。第一次钱被退回来，方向觉得没什么，以为贺怡身上暂时不缺钱，以为小姑娘矜持；第二次钱被退回来，方向有点儿心慌，他担心贺怡，想知道她是怎么过来的；第三次钱被退回来，方向彻底坐不住了，贺怡家的情况，他是知道的，他们家是给不了她一分钱的。

如果仅仅因为他向贺怡表白了，贺怡才拒绝他的资助，那他确实感到很愧疚、很难受，早知如此，他就不向贺怡表白了。看到被退回来的钱，方向感到心里很堵，坐立不安，生意都不想谈。他决定去一趟长沙，一方面看儿子，一方面找贺怡认真聊聊——他是既想儿子，又想贺怡了。

儿子是方向一手带大的，虽然从初中开始就住读了，但儿子的学校距离公司不远，他想看就去看了，儿子还从来没有离开过他身边这么长时间，尽管他们几乎天天上床睡觉前都要微信视频十多分钟，但隔着屏幕的感觉跟见到真人的感觉是完全不一样的。更重要的是，方向希望找贺怡再争取一下，哪怕什么机会都没有，他觉得上次自己太唐突了、太仓促了，什么准备都没有——包括贺怡，她也没有心理准备。

这次去长沙跟上次不一样，他得精心准备。方向相信有了上次铺垫，贺怡不会觉得那么唐突了，也有了心理准备。爱了，如果不说出来；觉得合适，如果不努力争取，那不是他方向的性格。他希望弄清楚贺怡在做什么、过得怎样，他不仅要说服贺怡接受他的资助，而且要说服贺怡接受他的感情，这是上策。如果不能说服贺怡接受他的感情，也要说服贺怡不要拒绝他的资助，感情上的事过段时间再说，这是中策。当然，下策就是贺怡既不接受他的感情，也不接受他的资助。这也是没有办法的事情——目前已经是这种情况了，没有比这更糟糕的结果了。但他要弄清楚，贺怡是不是能够自己挣钱、自己养活自己了。如果是这样，那她不接受他的资助，也就算了。如果贺怡是饿着肚子，吃了上顿没下顿，或者向同学借钱，甚至为让自己活下去，走邪门歪道，通过其他方式赚钱，那肯定是不行的。这种情况在长沙的女大学生中不是没有，而是不少。当然，还有一种更坏的情况，那就是贺怡交了男朋友，她男朋友既给了她感情，又给了她生活照顾——这种情况有可能让方向黯然神伤，让方向崩溃发狂。

对长沙之行，方向充满了期待，他计划在长沙待三天，给自己放三天假。方向管理很细，事情很多，都要亲自过问，拿主意，作决策。十多年了，他还没有给自己放过这么长时间假，哪怕过年过节过生日。广州到长沙，高铁很方便，两个小时车程。上了大学的儿子，有他自己的世界，看一下，在一起吃顿饭就够了，其他时间，方向想跟贺怡待在一起。他知道小姑娘爱浪漫，他想陪她逛街、购物、吃饭、看电影。贺怡想买什么、买多少，他都满足她。如果贺怡愿意，他也希望贺怡在宾馆里陪他，不回学校了，包括晚上，哪怕他们什么都不做，只要贺怡不愿意，他就不会强迫她。总之，此行目的很明确，期望很高，不管贺怡答不答应，方向打算花三天时间，弄个水落石出，摆平一桩心事。

司机把方向送到广州南站，正好赶上三点半那趟高铁，中间路过长沙。方向想买二等座，但人满为患，没票了；他想买一等座，也满了，没票了；只有商务座还有一个座位，方向不得不买了商务座。虽然方向不缺钱，但他还是保留了劳动人民勤俭节约的本色，跟他创业初期、还没发达的时候一样，只要是一个人出差，他就得过且过、能省则省，跟其他工人、农民没什么区别。到长沙，下了高铁，紧赶慢赶，赶到学校，已经七点了。方向在学校旁边的花店买了一大束玫瑰，每朵都是最好的，然后捧着花，直奔520女生宿舍。

路上碰到很多年轻人，看到大叔方向捧着一大束玫瑰，不由得多看了他一眼，看的时间也久了。那目光里有好奇，有疑问，也有鄙夷。但方向不管那么多了，他心情畅快，步伐轻盈，心里不屑地想，难道只允许你们年轻人浪漫，不准我们大叔浪漫？如果你也爱贺怡，那么，小伙子，加油，我们公平竞争，发挥各自优势，让贺怡自己做出选择。方向准备找贺怡一起吃晚饭，即使贺怡吃过了，他也要她去陪他。很遗憾，贺怡不在宿舍，肖小燕和林婉儿在。方向只好把花放下来，准备去男生宿舍先找儿子。

"方叔，您这花给谁的？"肖小燕疑惑地问。

"给小怡，她回来了，你们告诉她，我来找她了！"方向斩钉截铁地说，他觉得肖小燕和林婉儿看他的眼神有些不对劲，就像看一个史前怪物。但方向不怕，既然打算追贺怡了，他就不在乎世俗的目光，他就得勇敢，就得无敌——要追贺怡，他没办法避开贺怡的室友的。一路走来，风风雨雨，起起落落，他什么世面没见过？哪里还怕两个小姑娘的眼神询问和质疑？如果他自己真要迈出这一步，去勇敢地追求自己的爱情了，那就走自己的路，让别人去说吧。

到了1314男生宿舍，儿子方明也不在，方向觉得有些失落。他给儿子打手机，儿子告诉他，他在长沙另一所大学的高中同学那儿玩，得两三个钟头后才能赶回来。方向不得不郁闷地走出校门，准备先吃点东西——他要一个人吃饭了，既没有贺怡陪，也没有儿子陪。他想给贺怡打手机，可他没有勇气说他来看她了——上她宿舍直接找她是最好的，却没有结果。

方向走进了校门口右侧的一家饭店，要了一个靠窗的卡座坐下来，准备先把肚子填饱了，再做下一步打算。不能在一起吃晚饭，那就等会儿找儿子和贺怡，请他们去南门口吃宵夜，吃小龙虾。他知道，这个时候，已经过了吃饭的点了，无论是贺怡，还是儿子，可能都已经吃过了，叫他们过来，更多的是陪自己吃饭，看自己吃饭，意义不大。

他们可能都在忙，也许在学习，也许在约会，也许在忙别的什么。

方向读过小学、读过初中、读过高中，没有读过大学，没有经历过大学生活，对大学生活，他不懂，只能凭空猜想。

方向一个人点了三个菜，一荤，一素，一汤。他喜欢吃湘菜，虽然湘菜口味重，却味道好，让人喜欢。那个汤可点可不点，做汤需要下工夫，湘菜里，能够把汤做好的，不多。汤做得最好的，是粤菜。虽然做汤不是湘菜长项，但长年累月在广东养成的生活习惯，让方向形成了吃饭先喝汤的习惯，哪怕汤的味道没那么好。

菜和汤很快就端了上来，摆在面前，冒着腾腾热气，散发出阵阵清香，调动人的食欲。看着菜和汤，方向确实感到饿了，平时这个时候，商务应酬排不过来的他，已经在跟客户酒酣耳热、推杯换盏了。方向舀了一匙汤，尝了尝，虽然没有粤菜汤那么诱人，口感也不差；他又夹了一口菜，塞进嘴里，嚼了嚼，味道比汤强多了，甚至比粤菜更带劲，把他的味觉调动了起来。

正当方向埋头吃饭的时候，一个熟悉的声音在他身边清晰地响了起来："先生，您一个人呀，要不要来点白酒或者啤酒暖暖身、解解闷？曹操说：何以解忧，唯有杜康！您一个人，那就来一瓶小装白酒？"

这个声音听起来怎么那么像贺怡呢？震惊之际，方向不由自主地抬起头，他看到了穿着鲜艳酒厂推销服的贺怡。

四目相对，两人不约而同地惊叫了起来："怎么是你?"

原来是贺怡，真是踏破铁鞋无觅处，得来全不费工夫。

"小怡，我去了你宿舍，准备找你一起吃饭呢，但你不在!"方向说。

"方叔来了，也不提前打个电话!"贺怡说，"刚才小燕打电话过来，说您来了，还送了一束花到我们宿舍!"

"是呀，本来想去宿舍找你一起吃饭。来，坐吧，一起吃点东西!"方向说。

"方叔，我已经吃过了，我就陪您坐会儿吧！您怎么来了，来长沙出差?"贺怡一边说，一边把装酒的推车停在过道边，然后在方向对面坐下来。

"小怡，我的生意不在长沙，来长沙出差机会少，我是想你和方明了，所以过来看看你们!"方向说，"时间过得真快，我快半年没有见到你们了!"

"方叔，我没什么好想的，您多想想方明吧，他是您儿子。我就算了，您别想了！"贺怡说，"见到方明了吗？"

"还没有。从你们宿舍出来，我去了一趟他的宿舍，他不在，到另外一所大学看高中同学了，要两三个钟头后才回来。我没想到会在这儿见到你，真是有缘人何处不相逢！"方向说。

"方叔，您也真是的，我不在宿舍，您可以打我手机呀。"贺怡说，"真没想到在商场上叱咤风云的方叔也有脑袋短路的时候。"

"小怡，不是没想过打你手机，我是想给你一个意外惊喜！"方向说。

"没想到严谨务实的方叔，还挺浪漫、挺有童心的。"贺怡说，"您就没想过，有时候惊喜过界了就变成了惊吓？"

"小怡，你不要把叔想象得那么老了，那么不中用了！我还给你买花了，放在你宿舍了。"方向说。

"小燕已经告诉我了，她和婉儿还取笑我呢！叔，您来看我可以，给我送花可以，但不要送玫瑰，还十三朵呢，不合适呢，怕室友们误会了。我很感激您对我的帮助，没有您，我不可能来读大学，您是改变了我命运的贵人、恩人，但我一直把您当叔，当亲叔！"贺怡说。

"小怡，送花的事，我们暂且放到一边，不谈了。过得还好吗？你不再要我资助，就是因为干这个了？干这个，你一个月能挣多少钱？够你花吗？"方向不高兴地说。看来，这个女孩是铁了心，宁愿干这个苦活、脏活、累活，也不接受他资助了。

"方叔，这个工作不错呢，没有底薪，拿提成，多劳多得，挣的钱足够养活我自己了，还有结余，我一个月往家里寄两千块钱，一个月还能存五千块钱！"贺怡说。

"你干这个，不就是为了挣钱吗？钱，叔有的是，要多少你开个口！小怡，大学应该好好珍惜时光，努力读书。如果钱不够，你可以告诉我呀，我可以给你追加呀。你做了这个，哪还有时间学习呀？"方向说，"我看你还是把这个工作辞掉，让叔来照顾你和你家，我把给你的钱提到跟给方明的一个数，一个月都六千，直到你大学毕业，参加工作！当然，如果你愿意，你参加工作后，我希望继续照顾你，如果你不嫌弃，我愿意照顾你一生！"

"不用了，方叔，您越说越远了！我不是小女孩了，已经长大了，不能再花您的钱了！"贺怡说，"我都成年了，再花您的钱，味道就变了。以前初中高中，我是没有办法，环境和条件不允许！您前些年资助我的钱，我会还您，但不是现在！您得给我点时间，我刚找到工作，还没有那么多钱马上还您。"

"小怡，你想到哪儿去了，我不是来向你要账的！从我下决心资助你那刻起，我就没想过有朝一日要你还钱。"方向说，"我希望像以前那样能够继续资助你，你不要拒绝我！你不用干这个了，这个活，又累又浪费时间，还赚不到几个钱。再说了，这个地方鱼龙混杂，不安全，叔不放心！你叔可能什么都缺，就是不缺钱！如果你愿意，我可以一直资助你，直到你读完大学，读完硕士，读完博士——当然，走上社会了，我还可以继续资助你，给你买车，给你买房，让你过上幸福美满的生活！"

"叔，您说得对，我将来是要读硕士、读博士的，但我要靠我自己，包括读书的费用！"贺怡说。

冬天冷，饭店生意不好，夜深了，客人渐渐少了，饭店里显得空旷起来、暧昧起来。是时候打开天窗说亮话，争取自己的幸福了。这么多年来，潜意识中，方向确实很想有一个知寒知暖、疼他爱他的女人。看着眼前年轻漂亮的贺怡，方向已经控制不住了。

"小怡，也许你觉得叔叔心理阴暗，想法龌龊，行为卑鄙，很不应该，但叔没办法控制自己的感情，不说出来也对不起自己。你已经长大成人了，有自己的判断了，叔也不管那么多了！叔很喜欢你，也可以说爱你，希望你接受叔、做叔的女人！你现在读大学，叔不强迫你，愿意等你三四年，等你把大学读完！大学毕业了，你到叔身边来工作，做叔的秘书或者助理！如果你愿意，我们可以更进一层，到时候，叔娶你！叔虽然有钱，在商场上摸爬滚打，但叔不是那种有钱就变坏、见了女人就走不动的男人，叔是真心的！"方向说。

"方叔，您在说什么呢？您在想什么呢？难道是图穷匕见啦？这就是您当初资助我的原因和动力？"贺怡既生气又认真地说，她感到非常失望，甚至有些受伤，她像一头被惊吓的小鹿，有些不知所措。

"天地良心，小怡，不是的，你误会我了！"方向连忙说，"当初我资助你，完全没有这个念头。上次在长沙南站，接到你，看到你已经长大成人，又特别像我妻子，我就突然有了这个奇怪的想法和感觉，我发现自己很喜欢你！现在你是大学生了，是成年人了，我为什么不能像你们年轻人那样追求自己的爱情呢?"

"方叔,您是个好人,我不能对不起阿姨!"贺怡说。

"叔没有女人,你阿姨去世十年了。"方向说。

"对不起,方叔!"贺怡愣住了,"你家里那个阿姨,不是你爱人吗?"

"她是我表妹!在我家做保姆,照顾我和方明起居!"方向说。

"方叔,那也不行,我们之间是不可能的!您对我有恩,我记着,我一辈子都记着!没有您,我成不了大学生。没有您,我早就辍学,跟着父母务农了,或者跟着村里其他年轻人到广东打工了,或者已经嫁人了!是您的资助改变了我的命运。可是,爱情与感恩是两回事,我们应该分清楚!就像您有追求爱情的权利一样,我也有拒绝爱情的权利!我们真的不合适,您都跟我爸的年纪一样大!我希望将来有钱,我希望将来自己挣钱,我不愿意跟有钱的大叔坐享其成,不劳而获!"贺怡说,"方叔,我把您当作我最尊敬的长辈,就像我的父亲;您把我当作不懂事的晚辈,就像您的女儿吧!您以前资助我的,我将来会还您!您资助我的是钱,将来我还您的,也只能是钱,我们之间没有其他可能性。"

"小怡，我书读得少，大道理我没你懂得多，但感情却是发自肺腑。我对你是真心实意的，我可以对天发誓！你就不能综合权衡，好好考虑考虑？我的事业很顺，形势大好，只要你跟了我，这一辈子就不用愁了，你的家人也不用愁了，包括你父母的生活条件，你弟妹的学习和前途，你也有了雄厚的物质条件去做你喜欢做的事情，不用再为钱担忧了！毫不夸张地说，你跟了我，至少少奋斗二十年！二十年后，也许你有叔今天这样的成就，但那个时候，你已经不再年轻了！"方向说。

"方叔，人活着就要努力奋斗，这是人生的意义。我看您也是从零起步，一步步把自己的商业帝国建立起来的。我不愿意坐享其成、天上掉馅饼，倒是希望自己跟您一样，从零起步，白手起家，一步一个脚印，走向人生巅峰。人生的财富有很多种，可能我努力奋斗了，结果不能像您那样发达、家财万贯，但不管有没有成功，这个奋斗过程，就是我人生的财富！我不想躺赢，哪怕机会摆在我面前——可能是我没有那个命！"贺怡说，"我已经算过了，六年半来，您一共资助了我六万五千块钱，每一笔，我既记在账本上，又记在心里面。可是我现在还没有钱还您，要再等两三年！无论多苦多累，我都会在大学毕业前把钱还给您的！"

"小怡，我没有逼你还钱，是你自己在逼自己！"方向说，"不管你愿不愿意接受我，那个钱，你都可以不还的！当初资助你，跟我现在这样要求你没有关系！"

"方叔，那不行！不管我接不接受您，我都得还您这笔钱！如果接受您，我更要还您这笔钱。如果不还，我心里愧疚，惴惴不安，我也没办法在您面前抬起头、挺起胸膛做人。"贺怡说。

"真不明白你为什么这样想！那好吧，小怡，既然你把我资助你的钱当作了枷锁，那我尊重你的做法。但是你不要逼自己，什么时候还都行！"方向说，"我这儿没什么事了，你去忙你的吧，让我一个人坐坐！"

"那好，方叔，您慢慢用。这瓶白酒，这顿饭，算我请您了！如果不够，您再叫服务员上菜，叫我给您上酒！"贺怡站起来，推着酒水车走开了。

卡座很小，只能容纳四个人；卡座很大，现在只剩下方向一个人在吃饭、喝酒。菜已经凉了，热气都没有了；那酒是闷酒，除了苦涩，方向已经喝不出其他味道来。那顿饭越吃越没意思，却用了很长时间。大部分时间，方向枯坐在那儿，站不起来，也不愿意站起来。这种从头到脚的挫败感，方向已经很久没有体验过了。

那天晚上，贺怡起身离开后，就没有再在方向面前出现过。这样也好，方向突然怕见到她了。客人陆续走了，只剩下方向一个人了。其他座位上的灯，也被服务员相继关掉了，方向站起来去买单，柜台后面那个漂亮的老板娘告诉他，贺怡已经把单买过了。

从饭店出来，夜已经很深了，阵阵寒意袭来，让方向感到从头到脚都是凉的，透心地凉；而这个时候的广东，却是气候宜人、阳光明媚。

大街上行人稀少，偶有车辆疾驰而过，就像从方向心头上狠狠地碾过一样。

头顶的东边挂着一弯残月，残月发出无力的光辉，光辉让人感到莫名地冷清。

贺怡离开的时候，没有跟方向打招呼，这让方向心里很难受，比贺怡拒绝他还难受。一阵冷风吹来，方向醒了，他清醒地意识到，那夜不属于自己，那夜的长沙不属于自己，那夜那长沙的那个姑娘不属于自己。

其实，在饭店遇见方向，那夜，贺怡心里也是波涛汹涌，久久不能平静，她看得出来，方向是认真的，没有玩世不恭的成分，她知道方向是个好人——那个成功的中年男人的认真劲儿，把她的心搅乱了，起风起浪了，她差点把持不住了。

那天晚上，贺怡提前下班了。她离开饭店的时候，没有跟方向说，她怕自己过去了，方向以为还有希望，两人会纠缠不清。提前下班的贺怡也没有回520女生宿舍，她一个人在田径场上漫无目的地走着，走了一圈又一圈，让冷飕飕的风扑打着她的脸，从她脖颈里钻进去。偌大的田径场没有人，只有贺怡一个人。冬天了，夜深了，太冷了，没有人愿意来田径场上散步，包括那些如胶似漆的情侣——确实，感情的热度永远抵不过大自然的寒冷。

那个晚上的贺怡，头脑很热，心绪很乱，她希望冷冷的夜、冷冷的风，能够让自己冷静下来。

贺怡是懂感恩的，当然也懂感情。她跟方向的感情跟男女之间的感情不是一回事，她对方向的感恩跟对方向的感情不是一回事，她愿意把方向当作亲人、当作长辈，而不是她的爱人，不是她的男人。贺怡心里清楚，这次拒绝方向，最悲哀的可能就是他们之间以后什么都不是了，也许在方向那儿，她成了一个白眼狼!

当然，事情还没有向着最坏的方向发展，也许她跟方向以后还会有关系，比较亲密的关系，甚至是一家人，她以后可能是他儿子方明的女人，是他儿媳妇，但不是他的女人。如果能发展成那种关系，那是他们最好的结局，届时她的恩也报了，她自己的感情也照顾到了，皆大欢喜。

有时候，人生就是这么复杂有趣，就像解一道方程式，会的人，三下五除二就解开了；不会的人，再怎么费劲，都理不出头绪来，甚至可能过程和答案都错了。当然，同一个方程式，仁者见仁，智者见智，有不同解法，但殊途同归。

方向这次来长沙，有两个主要目的，跟贺怡摊牌，只是完成了其中一个目的，还有一个目的就是见儿子方明。方向看了看手机，上面有十多个电话没接，是他儿子方明打过来的。在贺怡那儿受挫，极大地打击了方向，方明电话来了，他都没有听到——他陷在悲伤和痛苦中难以自拔。

方向意兴阑珊，见儿子的想法都没有了。但既然来长沙了，说什么都要见见。方向还是去了1314男生宿舍找儿子。这次，他没有白跑，儿子已经回来了，正在宿舍等他呢。天寒地冻的，其他同学已经上床了，钻进被窝了，只有儿子方明还坐在冰冷的凳子上等着他，这让他多少感到了温暖，爱情失败带来的空虚马上给温暖的亲情填充了。

父子相见，格外亲切，格外高兴。他们有很多话要聊，室友们有些睡了、打起了鼾，有些正准备睡觉。为了不打扰他们休息，父子俩走出了宿舍，来到了室外，他们在男生宿舍楼前的校园小道上散步、谈心、聊天。

"小明，在大学里不谈恋爱，有点儿可惜了，找女朋友了没有？"方向问。

"爸，暂时还没有。"方明说，"但是已经有目标了，正在紧锣密鼓的追求阶段，我们现在是好朋友了，她要我等她两年！"

"等两年？多空虚、多无聊呀，为什么不是现在呢？既然你有情、她有意，为什么不能从现在开始？"方向说，"要不要老爸给你添把柴、加把火？这样吧，明天中午，你把她叫出来，说你爸来了，我请你们吃个饭，顺便帮你把把关！"

"算了吧，爸，我尊重她的意见，我们不打草惊蛇了！"方明说，"其实，爸，那个姑娘您认识！"

"谁呀？"方向好奇地问。

"爸，就是您资助了六年的贺怡！"方明说。

贺怡？贺怡是儿子心仪的女孩？

方向愣住了，停下了脚步，没想到他和儿子爱上了同一个姑娘，他真想找个地缝钻进去。

方向突然意识到，是他自己太唐突了、太莽撞了，他坏了这个世界的规矩。

贺怡跟自己儿子一样大呢，他们很合适，要比自己合适多了，自己怎么能对她有非分之想呢？自己这么做，不是给她出了一道天大的难题吗？

难怪贺怡要自己儿子等她两年，难怪贺怡铁了心要给自己还钱！

这趟长沙之行，让方向感到自己就是一个动物界的不速之客，不合时宜地闯进了其他动物的领地。如果不能及时退出来，不仅他会弄得遍体鳞伤，其他相关的人也可能会遍体鳞伤，难有幸免。

向贺怡勇敢表白，被贺怡无情拒绝，方向怅然若失；听儿子说喜欢贺怡，贺怡也没拒绝，方向又感到失而复得。既然儿子喜欢贺怡，贺怡也喜欢儿子，那他就放手，成全他们，祝福他们。

当然，这事儿有点儿荒唐，有点儿尴尬，方向希望贺怡替他保密，尤其不要告诉方明，毕竟他们是父子，最好贺怡能够把这件事埋在心底，作为他们的秘密，就当没发生过，永远不要再提了。

跟儿子分手后，方向已经没有心情在长沙继续待下去了，他打了一辆出租车，直奔火车站，买了一张绿皮火车票，连夜离开了长沙。他心里的那种感觉，跟当年看到妻子冷冰冰地躺在地上的时候一样。

在火车上躺下来，听着车轮撞击铁轨发出的哐当哐当声，方向心潮起伏、思绪万千，他分别给儿子和贺怡发了一条微信，给儿子的微信是：小子，加油，贺怡是个好姑娘，千万不要错过了！希望你将来把她娶回家，爸给你们办一场风风光光的婚礼！

方向曾经想过，如果能追到贺怡，一定给她办一场风风光光的婚礼，让她感动一时、铭记一生！

方向给贺怡的微信是：小怡，我们的事就当没发生过，你继续你的生活和感情，我祝福你！

发完微信，方向第一时间关了机，准备好好睡一觉。

绿皮火车很慢，到广州的时候，正好天亮。方向希望一觉醒来，把什么都忘掉，忘得干干净净，尤其是那份感情，然后重新开始。

　　方向觉得自己当务之急就是尽快找个女人，并把这件事告诉贺怡，让她明白自己已经把念想掐断了。这件事很急，比处理公司其他事情更急切、更紧迫，一刻都不要拖了。

第十章

　　无论是长辈期待，还是个人意愿，美好生活都是我们想要的，都为此孜孜以求。然而，生活不是跑火车，在设计好的轨道上前行，出轨只是小概率事件。其实，生活是个谜，谁都猜不透谜底；生活是阵风，时刻都有可能改变方向。用那句流行的网络语来说：明天和意外，永远不知道哪个先来。

　　不知不觉中，仇拾在长沙度过了七百多个无忧无虑、茁壮成长的幸福时光，他身上发生了很多变化，堪称奇迹。他长高了，变壮了，身高一米零八，在班上算中等；体重十二公斤，抱起来沉甸甸的；脸蛋白里透红，胳膊和腿上全是肉。当然，更可喜的是他的精神面貌，他聪明、健康、活泼、开朗，待人接物彬彬有礼，爱撕东西的毛病彻底消失不见了，跟那些家教良好的孩子一样，甚至他能够流利背诵一百多首唐诗。

岁月静好，让仇晓梅渐渐忘掉了捡到仇拾的时候，他口袋里那张字条内容，看着健康的仇拾，仇晓梅心里偶尔质疑：仇拾怎么看都不像一个有心脏病的孩子呀，他到底像不像那张字条所讲的那样有心脏病呢？他亲生父母是不是弄错了？心脏病是不是他父母编出来的抛弃他的理由？他父母是不是年少不更事，未婚先育，没结婚就把他生下来了，觉得不光彩，不得不把他抛弃了？他父母是不是关系不好，经常吵架，准备散伙了，都觉得他是个累赘，谁都不愿意被拖累，于是把他抛弃了？

不管出于什么原因，只要仇拾现在健康快乐就行。正当仇晓梅暗自庆幸、放松警惕的时候，意外还是猝不及防地来了，仇拾的心脏病突然发作了。

那天正好是仇拾五岁生日，一个乐极生悲的周末。

为给仇拾过生日，那天仇晓梅和贺怡都请了假，破例没去推销酒水。在仇晓梅盛情邀约下，520女生宿舍的女生和1314男生宿舍的男生欢聚一堂，赶过来给仇拾过生日，他们没有去酒店，选择在家里自己做。两个宿舍还从来没有这样一人不缺地聚过，虽然他们周末了，都要聚聚，聚是幌子，实际上是找个理由照顾仇拾，但每次都有人缺席，而且每次缺席都在半数以上，尤其是仇晓梅和贺怡，每到饭点，她们就走了，因为她们要推销酒水，一个要挣钱养家，一个要挣钱还债。

人心都是肉长的，感情都是培养的。两年相处下来，520女生宿舍的女生跟1314男生宿舍的男生已经打得火热，关系远超一般男女生宿舍，有人处成了兄弟姐妹，有人处成了亲密爱人，无论是友情、亲情，还是恋情，都相得益彰，各得其所，风和日丽。

那个宿舍成了他们的公共活动场所，那个曾经被他们嫌弃的小不点成了最受欢迎的人，成了他们之间的桥梁、纽带、信使、润滑剂，甚至是明晃晃、亮堂堂的电灯泡。仇拾不再是仇晓梅一个人的孩子，而是他们共同的孩子。

仇拾是纽带，将他们紧紧地绑在一起，尤其是他们的心和感情；仇拾是桥梁，是信使，小家伙有求必应，不辞辛劳地奔走在两个宿舍之间，给他们递情书、电影票，或者其他约会信息，乐此不疲。

虽然宿舍有公共电话，每个人都有手机、微信、电子邮箱、QQ，但有些事情，尤其是爱情，尤其是正在萌芽阶段和试探阶段的爱情，是需要第三者为媒介来进行传递的，那些现代工具，既没有那种与众不同、值得珍藏的味道，也没有回旋余地，一言不合，容易把后路堵死，把事情弄僵，让人退无可退。

一路走来，真不容易，仇拾五岁生日，是他们那周的头等大事。仇晓梅希望借这个机会，对大家两年来的关照表示感谢，也借机让两个宿舍的年轻人乐和乐和，恰到好处地撮合撮合。去酒店既浪费钱，又意义受限，他们准备自己动手，丰衣足食。让他们感到惊喜的是，华老师带着女朋友也过来了。他们刚完成升级仪式，华老师成了老公，他女朋友成了老婆，夫妻俩给仇拾订了一个大蛋糕，蛋糕有仇拾一半高，够他们十来个年轻人瓜分享受了。

上午十点，大家陆陆续续来了。仇晓梅根据每个人的具体情况作了简单分工，然后开始紧锣密鼓地准备，马不停蹄地忙碌，去菜市场买菜的买菜，去水果店买水果的买水果，去礼品店购礼物的购礼物，陪仇拾玩的陪仇拾玩，每个人都有任务，都有条不紊地忙碌。

中午，他们叫的是外卖，十一份盒饭，大家凑合着吃了，重头戏在晚上那顿。吃完中饭，时间还早，他们玩了一会儿牌。下午四点，他们开始做饭。拣的拣，洗的洗，切的切，做的做，忙得不亦乐乎。很多同学都会做菜，大家八仙过海，各显神通，几乎都拿出了绝活，露了一手：湖南的，做了剁椒鱼头和辣椒小炒肉；广东的做了白切鸡和潮州卤味；福建的做了佛跳墙和福州鱼丸；山东的做了九转大肠和驴打滚……

菜出锅，盛在碗里，端上来，摆了满满一桌。桌子不大，满满当当坐八个人，十个人就很挤了，只能有的坐着，有的站着，但不影响气氛。桌面被菜占住了，搁置饭碗和筷子的地方都没有，只能一手端碗、一手拿筷。宿舍太小了，摆不下一张大桌，这是唯一让他们感到遗憾的地方。桌是老式圆桌，用了拉开，放在屋中间，不用了，折起来，靠在墙边，不占地儿。

夜幕降临、华灯初上的时候，他们开始吃饭。桌上谈笑风生、推杯换盏，借着给仇拾过生日，他们大杯地喝酒、大块地吃肉，热闹非凡，就像过年。已经比桌面高出半个头的仇拾没有闲着，他绕着桌子，殷勤地东奔西跑，招呼客人夹菜喝酒，俨然一个小主人。仇拾给叔叔阿姨们倒酒、夹菜、碰杯，用实际行动感谢他们对自己的照顾、陪伴、关心、爱护。

仇拾是真心实意这样做的，没有丁点虚假成分，没有半点应酬客套，也没有人教他那样做、叫他那样做。大家也给仇拾面子，来者不拒。那天，仇拾的面子比谁都大，看到仇拾过来倒酒水，大家连忙把杯里的酒水一饮而尽，空出杯来让仇拾倒满。幸好当天晚上，他们喝的是啤酒和饮料，而不是呛人的白酒，否则，非被放倒两三个不可。

酒足饭饱，话匣子打开，收都收不住。大家一边天南海北地聊着，一边忙着给仇拾张罗过生日的最后一道工序：吹蜡烛、许愿、吃生日蛋糕。

桌子已经被女生们重新收拾干净，没有其他东西。生日蛋糕被端上来，搁在桌子中间。大家拆掉包装，插上蜡烛，用火机点燃；仇晓梅给仇拾戴上生日王冠，贺怡把灯关了。屋子暗下来，五根蜡烛静静地燃烧，发出柔和的光芒，把人影映在地上和墙上，把环境和气氛烘托得浪漫温馨。

"祝你生日快乐，祝你生日快乐……"

贺怡起了个头，大家围在桌边，仇拾趴在桌上，一起唱起了生日快乐歌。

唱完歌，仇拾对着烛光，双手合十，闭上眼睛，开始正儿八经、像模像样地许愿。许完愿，陆贵一把抱起仇拾，凑近蜡烛，在大人鼓励和起哄下，开始吹蜡烛。

仇拾力量太小，吹了三口才将五根蜡烛吹灭。贺怡打开灯，仇晓梅拿出塑料小刀和塑料碟盘，开始给大家分蛋糕。

意外就在这个时候发生了，正在兴高采烈、津津有味地吃着生日蛋糕的仇拾突然感到胸闷气短、呼吸急促、心律失常。那张小脸从白里透红慢慢变紫，然后像木头一样向后栽了下去。幸亏他旁边的陆贵眼疾手快，一把扶住他，把他抱起来，放在床上。

那天，作为东道主，由于要照顾客人，仇晓梅没有喝酒，她喝的是饮料，头脑十分清醒。看到仇拾无缘无故地倒下，仇晓梅心里咯噔一下，绝望地意识到：是福不是祸，是祸躲不过，该来的还是来了，仇拾父母没有骗她，仇拾确实有心脏病史！

仇晓梅只觉得五雷轰顶，眼前金星直冒，胸口像被人狠狠地砸了一锤，既锥心地痛，又感到喘不过气来。可她没有倒下，也没有慌乱，她拉开抽屉，取出一颗救心丸，端了一杯温水，扶起仇拾，给他服了下去，然后把仇拾放下，躺平，拨打了120急救电话。

在药物作用下，仇拾渐渐缓过神来，脸上慢慢有了血色。120急救车鸣着尖锐的笛声开进了校园，停在教师宿舍楼门口。车门打开，下来两个穿白大褂的医护工作者，他们拎着急救箱，急急忙忙地走了进来，把输氧罩戴在仇拾脸上，然后抱起仇拾，出了宿舍，上了车。

急救车急着赶往医院，临行前，一个急救医生对仇晓梅说："这孩子的情况不容乐观，大概率需要动手术，你得赶紧准备手术费！"

"医生，大概要多少钱，什么时候要?"仇晓梅紧张地问。

"现在还不能肯定，估计十五万左右，越快越好，越耽搁越麻烦！"医生说。

十五万?

仇晓梅愣住了，她做梦都没想到这个病要这么多钱，难怪仇拾父母把仇拾遗弃了。那一刻，将心比心，仇晓梅理解了仇拾父母，如果自己筹不到那么多钱，仇晓梅也希望有有钱的好心人把仇拾领去。

含辛茹苦、披星戴月地做了两年酒水推销工作，仇晓梅省吃俭用，衣服都没买过，生活必需品都是买最便宜的，确实攒下了一些钱，如果只是负责他们娘俩生活开销，那是绰绰有余了；如果还要管仇拾的医疗费用，那就捉襟见肘，远远不够了。

其他人也是心急如焚，要跟仇晓梅一起上医院，但被仇晓梅拦住了："你们的心意我理解，我一个人去就够了，我还有一件重要的事情拜托你们，我的钱不够，你们先借我一些钱，能借多少是多少，越快越好！"

仇晓梅的话是有道理的，目送急救车走后，大家情绪低落各自回去准备钱。520女生宿舍凑的钱，都集中到贺怡那儿，贺怡把钱一笔笔都登记好了。1314男生宿舍凑的钱，都集中到曾枭那儿，曾枭也把钱登记下来了。他们的钱本来就不多，生活费都是家里按月给的，有定额，哪能剩多少呢？但他们毫无保留，把能凑的钱都凑出来，给了仇晓梅——他们当天晚上就把钱送到了仇晓梅手上。

医院的检查结果很快就出来了，主治医生告诉仇晓梅，仇拾是先天性心脏病，已经不容乐观了，需要马上动手术，七七八八，全部费用加起来，至少得准备十五万。

这是个天文数字，两个宿舍凑起来的钱，全部加起来，刚九万，还差六万！

贺怡出得最多，她把两年来推销酒水，辛辛苦苦攒下来的五万块钱全部取出来，给了仇晓梅。贺怡本来想再过两个月，就可以攒够六万五，把方向资助她的钱还清了，就可以接受方明，跟他光明正大地谈恋爱了。

这两年，贺怡坚持原则，在没有还清方向资助款之前，只跟方明做朋友，不谈感情，既苦了自己，也苦了方明，让她感到十分过意不去。

德国大文豪歌德说：哪个少年不钟情，哪个少女不怀春？如果不是因为这笔债，他们俩早就花前月下、卿卿我我、如胶似漆了。

现在好了，一切归零了，她又回到起点了，没钱了！但她不后悔，仇拾的病是要治的，命是要救的，孰轻孰重，孰缓孰急，摆在那儿，没得商量。比起生活中锦上添花的爱情，仇拾的病更需要她当机立断、雪中送炭，因为仇拾把她当亲姨了。值得商榷的是，她是否继续坚持原则，从头再来，让方明再等两年？

方向说过，他什么都缺，就是不缺钱。所以，这笔钱什么时候还都行，是贺怡自己给自己压力，自己逼自己了。

尽管大家有钱出钱、有力出力，可是钱还是不够，怎么办？

急成热锅上的蚂蚁的，不只仇拾的养母仇晓梅，还有520女生宿舍的女生、1314男生宿舍的男生，他们为了筹钱，都急坏了、愁坏了，能借的人借了，能想办法的想了。

主治医生把动手术预计需要的费用全部列了出来，打了出来，有密密麻麻的整整一页纸。主治医生说，已经考虑到仇晓梅的实际情况，能减的减了，能省的省了，纸上列的，不能再少了，共计需要十五万。

接过那张数据表，想着那个巨大的手术费用缺口，束手无策的仇晓梅拐进洗手间，蹲在坑位上，伤心地哭了，只要能够给仇拾凑齐做手术的钱，她做牛做马都可以。虽然仇拾不是她亲生却胜似亲生，两年多，七百多个日日夜夜，她为他操碎了心，耗尽了精力，什么都以他为中心，他们之间建立起了深厚的母子感情，他是她儿子，她是他妈——就连仇晓梅每天赔着笑，向客人推销酒水，有时候还要忍受喝多了的客人的言语轻薄和动作调戏，都是为了他！两年来，仇拾高了，胖了；仇晓梅黑了，瘦了！

当然，付出就有回报。两年来，仇晓梅得到的最大的回报就是仇拾的认可。在仇拾幼小的心灵和记忆中，他已经完全忘掉了自己的亲爹亲妈，他把仇晓梅当做自己的亲生母亲了，把仇晓梅的男朋友曾枭当做他的亲生父亲了。

因为仇拾，520女生宿舍和1314男生宿舍结成了休戚相关、患难与共、共同进退的同盟关系。仇拾的病和医疗费，也牵动着他们每个人的神经，揪着他们每个人的心。没人闲着，没人置身事外，都在积极奔走，千方百计地筹钱。

仇晓梅和曾枭留在医院里照顾仇拾，两个人分成两班倒，仇晓梅负责白天，曾枭负责晚上，有时候，晚上是他们两个人一起。

方明和贺怡，陆贵和肖小燕，他们是筹款最积极的两对。第二天上午，他们从医院看望仇拾回来，路过教学楼的时候，心照不宣地找了一间小教室，凑在一起，认认真真开了一个筹款会议。

"这件事真是头痛，我昨天晚上失眠了。我们已经把所有的钱都凑出来了，拾拾的手术费还差六万呢！晓梅姐是走投无路，没办法可想了，我们得为她分忧解难，剩下的钱，得看我们了！"贺怡说，"我作下分派，你们看行不行？我们四个人，每个人负担一万，争取两天内凑齐，不管用什么办法！"

"不是还差六万吗？还有两万呢，怎么办？"肖小燕问。

"那两万已经有眉目了，我已经跟我和晓梅姐推销酒水的饭店老板谈过了，他们愿意分别给我们预支一万块钱，我们现在再筹四万就够了！"贺怡说。

"那就这么定吧，没有办法想办法，没有门路找门路，无论如何都要在手术前帮拾拾把手术费凑齐了！"肖小燕说。

话一直是两个女生在说，决策一直是两个女生在作，男生没有插话，算是支持和默认。但他们很清楚，女人作的决定，最后都由他们来落实。所以，他们没必要说话，女生的意见就是他们的意见，因为他们在谈恋爱，谈恋爱的时候，女生是拥有至高无上的权利的。女人在男人心目中最有分量的时候就是谈恋爱的时候，女人的话在男人心目中最有分量的时候就是他们谈恋爱的时候，尤其是刚刚开始谈恋爱的时候。

他们已经把锁在抽屉里的钱、压在箱底的钱、存在银行里的钱，都取出来了，一时间再要凑那么多，确实不容易，却没有一对推辞，没有一个推辞，都觉得理所当然，是当务之急——没错，仇拾既是仇晓梅的儿子，也是他们的儿子。比起他们要想办法凑的这一万块钱，仇晓梅的付出比他们多多了。现在仇拾病了，要做手术，要筹费用，是他们分担和表现的时候了，他们不能置身事外、袖手旁观，更不能把所有压力给到仇晓梅，她在医院里没日没夜地照顾仇拾，已经够辛苦的了，不能再让她分心。

简短的筹款动员会议结束，他们分了手，积极行动起来。

方明没有其他办法，但他有个好爹，他爹有的是钱，一万块钱不是问题，他只有向他爹要。可方明怕爹，他爹有个习惯，给钱可以，但一定要告诉他用途，跟他管理企业一样。方明把握不准，如果实话实说了，他爹会不会给他钱，但是他爹当下最关心的就是他有没有找女朋友。找女朋友要花钱，用这个借口向他爹要钱，应该是十拿九稳的。

方明给父亲打电话，父亲接了，没等方明开口就挂了，说在开会，半小时后给他回过来。不到半小时，父亲给他回电话过来了。方明鼓起勇气说要父亲给他预支一万块钱，很急，现在就要。方向问他做什么用！方明又不敢以谈女朋友为借口向父亲要钱了，因为父亲知道他在追求贺怡，父亲跟贺怡又熟，万一他向贺怡求证呢？

"爸，我都这么大了，不会无缘无故地张口向您要钱了！"方明说，"您能给我一点自主的权利和空间吗？这个钱，就当我借您的，将来我参加工作了还您!"

"要花大钱，就得自己挣，你看贺怡，都自力更生了!"方向嘟囔着说，但既然儿子这么说了，方向不敢不给，怕弄僵了父子关系，怕坏了儿子的好事。方向挂了电话，用微信给儿子转了一万块钱。

看儿子把钱收下，方向又忍不住拨通了儿子手机，说道:"臭小子，你该不会是碰到网络诈骗了吧? 我上周才给你转了六千块钱，就用完了? 花钱容易挣钱难，你要学会开源节流、细水长流。否则，家底再殷实，都会被败光的!"

看来，不给父亲一个说法，是没办法交代了，父亲是不好糊弄的，特别是向他要钱，一次要比较多的钱。

"爸，我二十岁了，是个大人了，有些事，我不好意思向您说!"方明说，"我谈恋爱了，女朋友过生日，我要给她送份有意义的生日礼物，趁机把跟她的事情定下来，不行吗? 要是您觉得不行，就当我借您的，从下个月开始，每个月扣两千，连续扣五个月，就当我还您这个钱了!"

"臭小子，看你说的，好像你爸是台压榨机! 你谈恋爱了，我当然要给你追加零花钱，不能让女生觉得你抠门!"方向说，"我记得贺怡的生日不是这个时候呀，难道你换女朋友了？小贺是个好姑娘，你可不要三心二意，脚踏两只船，辜负了她!"

对呀，方明突然觉得说漏了嘴，被他爸抓了空子。原来撒谎是个技术活，思维不缜密，容易出纰漏，需要用更多谎来圆。这是方明第一次撒谎，他本来不喜欢撒谎，他感到狼狈不堪，反正钱到手了，目的达到了，方明赶紧挂了电话，关了机。

其实，虽然方明和贺怡还没有正式谈恋爱，但他们的关系介于朋友和恋人之间，算是准男女朋友关系，只是因为贺怡还没有把他爸的钱还上，还没有正式接受他。本来，贺怡把钱攒得差不多了，再做两个月就可以还上了，接受方明的爱情了，但计划不如变化快，仇拾发病，贺怡把攒起来的钱全部取出来，给了仇晓梅，向方向还钱的事，跟方明谈恋爱的事，又不得不再次推迟了。

事实上，贺怡和方明已经心心相印了，就差承认和公开了。方明已经向贺怡表白过了，贺怡接受方明也只是时间问题了，他们的爱情没有什么现实障碍。

说者无意，听者有心。儿子方明的感情状况让方向怅然若失，大学是个万花筒，儿子可能乱花渐欲迷人眼，换人了。俗话说，肥水不流外人田，方向认可贺怡，生怕儿子跟贺怡吹了、分了。贺怡是个打着灯笼都难找的好姑娘，贤惠漂亮，勤劳朴实，就连跟她有代沟的他都莫名喜欢，如果不是因为儿子喜欢，他还不愿意轻易放手呢！

现在是二十一世纪，是年轻人的世界，老子抢不过儿子，很正常，尤其是感情。当然，儿子喜欢的姑娘，他这个做老子的，要高风亮节，能让则让，没有必要去抢，最好是扶上马，送一程，成全他们。可出乎意料，儿子居然换女朋友了，他不知道儿子的新女朋友是不是比贺怡好，将来能不能得到他认可，但到目前为止，方向是最认可贺怡的，520女生宿舍的女生，方向都见过，他觉得贺怡是最善解人意，最自强自立，最符合他心目中儿媳妇的标准。

还没把儿子的事琢磨透，方向又接到了一个电话，是贺怡打过来的。

"方叔！"贺怡说，电话那头声音还是那么柔、那么软，让人心动，"我有点急事，自己没办法解决，想来想去，只有找您帮忙，解决我的燃眉之急！"

"小怡，什么事情，你说，只要我做得到，我会全力帮你的！"方向说，"我第一时间全力帮你！"

方向以为贺怡是因为跟儿子的感情出了问题找他，如果儿子换女朋友了，那说明他们在闹矛盾呢，方向要稳住贺怡，然后教训儿子，把儿子拉回到正确的轨道上来。

　　"方叔，我本来已经攒下五万多块钱了，准备下个月凑齐了还给您，可是现在不行了，我暂时还不上您的钱了！"贺怡说，"您得给我多一点时间，我一定会把钱还您的！我有个重要的家人出事了，生病了，要动手术，我把勤工俭学攒下的钱全部拿出来了，还是不够！"

　　"不急，小怡，当初我资助你，就没有想过要你还钱的，是你自己逼自己，非要还我钱。你还不还、什么时候还，我都无所谓——我不缺那点钱，也没有其他附加条件，你不要误会了，多想了！"方向说，想到方明要钱给他新女朋友买生日礼物，方向急了，补充道，"方明从小没有娘，我教育不得法，是个被惯坏了的孩子，他有什么对不起你的地方，你要多理解他、多包容他、多给他纠错的机会，他本质上没有什么坏心眼儿！"

　　"我知道，方叔，我跟方明是很好的朋友，我们经常一起玩耍，也无话不谈——除了你和我之间的那些事儿。"贺怡说，"我今天打电话来，不是为了方明！我是有事找您帮忙，我有个家人昨晚上发病了，进医院了，需要动手术，手术费还有缺口，十万火急，我向您借钱来了！"

"哦哦哦，借钱啊，小怡，这是救命钱，我没有理由拒绝，快说吧，要多少，我马上给你微信转过去！"方向说。

"现在还差一万块，您就借我一万块吧！"贺怡说。

又是一万块，跟儿子方明要的一模一样！

看来儿子和贺怡是为同一件事情，都是为了给贺怡家人筹集手术费。方向终于明白过来，哑然失笑了。原来儿子要一万块钱，不是给新女朋友买生日礼物，而是给贺怡家人做手术，看来，他们还是一对，很好的一对，方向如释重负，这个臭小子，为了女人，开始向父亲撒谎了！

"好的，小怡，没问题，我现在就给你转！"方向说。

"那就谢谢方叔了。算上以前您对我的资助，我一共欠您七万五千块钱，我以后挣钱了，一定第一时间还给您！"贺怡说。

"还不还，以后再说。"方向说，他挂断了电话，当即把钱给贺怡转了过去，但他不是转一万，是转了一万四。

在商场上摸爬滚打数十年，阅人无数的方向练就了一双识人慧眼，他是懂贺怡的，这个孩子从不乱花钱，也不会多要钱，既然是她家人病了，那就多给她一点，让她留着备用，万一钱不够呢？很多亲戚朋友向他借钱，张口就来；贺怡向他借钱，不是走投无路了，她是不会开口的。

既然贺怡打电话向他借钱了，那她手上肯定是没什么余钱了，除了她家人看病做手术，她总得吃饭、喝水、坐车吧，方向不希望贺怡给家人交了手术费后，连吃饭、买衣服、买化妆品和零食的钱都没有了，女大学生的生活是不能过得太拮据的，太拮据了就索然无味了。

当然，为什么转的不是一万五、一万六，而是一万四呢？

这是方向的小心眼，懂的都懂。一万四就是14，14就是一生。虽然现在在他和贺怡中间，横着一个儿子，他不能爱她一生、护她一生，却认可她一生；虽然她不可能成为自己的女人，将来却可以成为儿子的女人、他的儿媳妇。

跟以前上大学后，方向给她转钱，被她退回来不同，这次，贺怡照单全收了，这让方向倍感欣慰。看来，贺怡是身无分文了，她确实需要钱用，需要钱救急。

收下钱，贺怡第一时间给方向发了三个拥抱的表情包，这三个表情包让方向心里暖暖的，就像被春天的阳光提前照到了一样。这是贺怡第一次给方向发这么亲密的表情包。当然，方向心里明白，这三个拥抱的表情包，纯净得很，就像赛里木湖的湖水，一点杂质都没有，跟他请客人去KTV应酬，收到小费的小姐给他发拥抱的表情包完全不是一回事儿。

贺怡把方向当自己长辈，当亲叔；也可能把他当她男朋友的爹，未来的公公。他们之间，一个是长辈，一个是晚辈，是没有血缘关系的亲戚，因为中间有方明，他们之间已经有了一道无形的屏障，这道屏障是方向没有办法跨越的。

方明和贺怡的筹钱任务很轻松地解决了，这是有个有钱的爹的好处。肖小燕和陆贵就没那么容易了。肖小燕没钱，也不好意思向家里要；陆贵也没钱，也不好意思向家里要。毕竟，对他们家庭来说，一万块钱都不是一个小数目，相当于他们家一个学期给他们花费的全部了。

但天无绝人之路，他们想到了办法，自食其力，在约定的时间把钱筹到了。在肖小燕陪同下，陆贵去地下拳市打了两场黑拳，每场黑拳打赢了可以拿走一万块钱，赢两场，刚好够了。

没有钱用了，陆贵偶尔去黑市打拳，一般一个学期打一场，他一个人偷偷摸摸去，只要赢了，一个学期的零花钱就有了，他从来不贪心，怕打多了出问题，因为常在河边走，怎能不湿鞋呢?

肖小燕不知道陆贵打过黑拳,陆贵也没告诉她。对肖小燕来说,那两场比赛让她终生难忘,留下了挥之不去的心理阴影。虽然陆贵最终赢了,过程却磕磕绊绊,险象环生。在对手面前,陆贵没有绝对实力,两个人不分伯仲,陆贵能赢,是因为陆贵年轻,身体好,耐力强,能扛,想赢了拿奖金!陆贵被对手击中了好几拳,被打得鼻青脸肿,嘴角和鼻腔都出血了。

那几拳是打在陆贵身上,痛在肖小燕心上。看到后面,肖小燕都不敢睁眼看了,她闭着眼睛,流着眼泪,扯开喉咙,石破天惊地喊:"陆贵,加油!"

黑压压的观众都在屏息凝神,紧张地盯着拳击台上,只有肖小燕一个人在喊"加油"!肖小燕用尽了全部力气在喊,她生怕陆贵听不到她喊"加油"会懈怠,会挨打,会输掉比赛。如果输掉了,只能拿两千块钱出场费,那就意味着为凑齐给仇拾的两万块钱,陆贵还要继续参加比赛,赛场上一场比一场艰难、一场比一场凶险!

直到拳击台上没有拳打脚踢的声音,直到裁判宣布比赛结束,听到陆贵赢了,肖小燕才敢睁开眼睛。她第一个冲上拳击台，张开双臂，把陆贵的头紧紧地搂在自己怀里。

苦心人，天不负。让两个年轻人如释重负的是，他们如愿以偿地拿到了两万块钱。主办方是个壮实的老头，头发花白，精神矍铄，他把钱给到陆贵的时候，向他发出了盛情的邀请："小伙子，你的拳打得不错，有前途，希望你以后常来，我们一起赚大钱！"

肖小燕抢过钱，数都没数，拉起陆贵，飞一般地逃出了地下拳市。那两场拳赛，肖小燕就像在做噩梦，她再也不想让陆贵打拳了，尤其是打黑拳，除非他们分道扬镳了，她管不着他了。

两个人招手拦了一辆出租车，兴冲冲地直奔医院，百米冲刺般冲进了病房。

看着肖小燕手上的两沓钞票，看着鼻青脸肿、伤痕累累、血迹斑斑的陆贵，仇晓梅立刻明白了那两万块钱是怎么来的——有了这两万块钱，仇拾的手术费终于凑齐了。

仇晓梅鼻子发酸，眼睛发红，她从肖小燕手上接过钱，连声"谢谢"都没说，转过身，急急忙忙去交手术费了。转过身那一刻，仇晓梅的眼泪流了出来，就像两条在春天被雨水塞满的小溪。她动作快，像是失礼，是因为她不愿意让肖小燕和陆贵看到她流泪了；她没有说"谢谢"，是因为她不敢说，她太激动了，太感动了，她的声音变了，一说就是带哭腔。

有钱好办事，医院也一样。当天下午，仇拾被推进了手术室。相关的人闻讯赶来，聚集在手术室外焦急地等候。在等候的人，时间是最慢的，每次秒针的走动，都在撞击着大家的耳鼓和心膜。在忐忑不安中熬过了三个小时，手术终于结束了，戴着面罩吸着氧、插着管子输着液的仇拾被推了出来。

主刀医生告诉他们，手术还算成功，可以保证未来三五年内没什么问题，但要消除隐患，彻底根治，等仇拾长大后，还得进行一次手术，弄不好要换心脏。现在呢，只有这样了。

接下来是住院观察，术后康复。小朋友身体愈合力强，十多天后，仇拾出院。仇拾出院那天，正好是期末考试结束，学校放寒假了。520女生宿舍和1314男生宿舍都约好了，一起去接仇拾。一群人捧着鲜花、拎着水果、带着玩具，早早等候在医院门口。

那阵势，仿佛他们来接的，不是一个五岁小孩，而是一个在战场上浴血奋战，立下了赫赫战功，现在凯旋的大英雄、大豪杰！

第十一章

　　岁月静好，还须山河无恙。大学四年，是人的一生中最美好的时光，也是从懵懂走向明白的阶段，能够好好把握，把梦想、进取和责任融合，让学业、事业和爱情齐头并进的清醒者不多，壮怀激烈地匆匆来了，不经意地匆匆走了，有人大获全胜，成为赢家；有人满地鸡毛，输得一塌糊涂，揣着一颗内伤深重的心走上社会，开始新的人生旅途。

　　考研的考研，继续深造；找工作的找工作，准备接受社会洗礼。但所有正常程序，在进入莘莘学子期待的最后一年时，他们不幸碰上了全球新冠大流行，将按部就班、循序渐进的节奏全部打乱了。

　　新冠从2019年12月开始，以迅雷不及掩耳之势入侵人世间，肆虐全球，大家谈新冠色变，人心惶惶，生怕沾染了。到那年中国传统春节，新冠已经让人闻风丧胆了，好像空气中都是新冠味道，人跟人一接触就会染上新冠似的。人人都活在恐惧中，又暗自祈祷自己能够幸免于难。

考完了，放寒假了，大家都在第一时间匆匆往家赶，仿佛只有远方的家才是这个世界上最安全的避风港，只有跟家人在一起才是安全的、让人放心的，人们深居简出。平时人来人往、热闹非凡的校园第一时间变得空空荡荡，只剩下把家安置在学校里的教师和家属，跟冬天里大西北那地广人稀的旷野一样，看不到人，鲜见生命的迹象。

仇晓梅带着仇拾没有回去，他们留在了学校里。仇晓梅的家里已经没有其他人了，连只鸡、连只鸭、连条狗、连头猪都没有了。算起来，她父母去世三年了，坟头都长草了，草都没膝了——她已经三年没有回家了，无论寒假还是暑假，仇晓梅都带着仇拾在长沙，在学校里过的，她成了一个有家不想回的人——父母都不在了，那个家对她来说，已经没有任何意义。

仇拾虽然有家，有家人，可是他回不去。他是外地人，被父母抛弃的时候，只有两岁多，他压根儿不知道父母在哪里，不知道自己的家在哪里，他是一个有家回不去的孩子，跟他养母仇晓梅有家不想回没什么两样。

仇晓梅不想回家，也是为了生活，为了给仇拾积攒未来治病动手术所需的巨额费用。回到乡下，什么都做不成，什么效益都产生不了，只有吃老本，只有浪费时间。留在长沙，至少还可以赚点钱，养活自己和仇拾。由于疫情和放假，饭店门可罗雀，生意十分清淡，没有什么客户，仿佛客户一出来吃饭，就会染上新冠似的。吃饭的少，喝酒的更少，一天推销不了几瓶酒水，赚不了几块钱，仇晓梅仍然在饭点的时候准时去饭店，更多时候是为求个心安，碰个运气。

曾经笑靥如花、见到客户就嗲声嗲气打招呼的老板娘一反常态，板着的脸上结着冰霜，看着空空如也的账本，唉声叹气，饭店里的员工，她开始看谁都不顺眼，都要有事没事、时不时地发发脾气。

疫前，老板娘算账是当天赚了多少钱，每个员工都在为她赚钱，看员工自然顺眼；疫后，老板娘算账是当天亏了多少钱，每个员工都在拿工资，从她腰包里掏钱，看员工自然不顺眼。

由于没有生意，员工工资一减再减，最后发不出来了，大部分厨师和服务员以回家过年为由，借机走了，饭店只有老板、老板娘和仇晓梅三个人在坚守。老板大厨出身，炒得一手好菜，他不得不重操旧业，重新掌勺。仇晓梅不仅负责推销酒水，还做起了服务员，给客人端茶递水，上菜上饭，收拾碗筷，洗碗刷盘，甚至擦桌子扫地。只有老板娘的工作没变，仍然坐在前台算账、收钱、嗑瓜子，老板娘多加了一项工作，那就是用手机打游戏，斗地主，玩王者荣耀，掼蛋——疫前，她忙不过来，用手机接电话的时间都没有，更别说用手机打游戏了。

仇晓梅手脚麻利，做事勤快，任劳任怨，又没有底薪，靠提成，老板娘很喜欢，患难见真情，两个人感情急剧升温，处成了姐妹，老板娘什么牢骚都跟仇晓梅说，什么事都跟她讲。老板娘告诉仇晓梅，疫前她跟老板本来要离婚，因为老板跟学校一个女生好上了，出轨了。疫情来了，生意不好了，那个女生不理老板了，老板向老板娘道歉了，两个人重归于好了，不吵不闹，凑合着过了，老板娘因祸得福。看仇晓梅勤快，什么都包了，老板娘过意不去，对仇晓梅承诺，等疫情过去，生意好了，要加倍补偿她。

跟生意旺季，饭店前车水马龙，客人要提前打电话订房不同，新冠流行，学校放假，一天只有三五单生意，连店面房租都不够，仇晓梅能拿到手的提成更少了，连基本开支都不够，要吃老本。值得庆幸的是，饭店包吃，不用花钱，他们三个人，老板会炒三个菜，她可以免费填饱肚子，还可以给仇拾打个包带回去，日子倒可以得过且过。

　　仇拾已经七岁了，有一米二高、四十斤重了，读小学一年级了。穷人的孩子早当家，仇拾很乖巧听话，能自己照顾自己了。仇晓梅在饭店忙，仇拾要么在家看书做作业，要么玩玩具，饭点到了，他自己热饭吃。饭菜是仇晓梅从饭店打包回来的，放在冰箱里。热饭的时候，仇拾还会在锅底放层油，在饭里面放点作料，香喷喷的，他觉得好吃极了。吃完饭，仇拾开始洗碗、扫地、洗衣服——也给仇晓梅洗，尽管仇晓梅觉得他洗不干净，要返工，她还是鼓励他多干家务，像一个能干的小主人。仇拾也学会了做菜做饭，饭是蒸的，能熟，淘米后，装在碗里，放在蒸锅里蒸，电饭煲太复杂，仇拾操作不来。菜是炒的，不精致，也没有复杂的搭配，能吃。仇拾最拿手的两个菜是擂辣椒和西红柿炒鸡蛋。擂辣椒在蒸饭的时候，跟饭一起蒸了；西红柿炒鸡蛋，仇拾还学会了用滚烫的开水给西红柿去皮。

仇拾做的西红柿炒鸡蛋得到了仇晓梅的肯定——当然也是仇晓梅教他做的，放假了，没有人陪他，很多情况下，仇拾是自己做给自己吃。仇拾不挑食，他的味蕾还没发达到挑剔味道的地步，他只求温饱，也没有时间概念，饿了就做，做了就吃，全靠生理反应。所以，仇拾做的饭，有时候夹生；做的菜，有时候盐放多了，有时候没有放盐，但他吃得津津有味，一点都不剩——开始他也给仇晓梅留一份，他很想跟仇晓梅一起吃，但仇晓梅告诉他，自己在饭店吃了，不用给她留饭菜，不用等她吃饭，渐渐地，仇拾就习惯了一个人吃。虽然仇晓梅经常给仇拾打包回来，但她回来的时候，已经过饭点了，尤其是晚上，仇晓梅回来，仇拾已经睡着了，所以，只能放在冰箱里，给仇拾下一顿做准备。

那病毒像云像雨又像风，肆无忌惮，无孔不入，见人就上。尽管十分注意，也采取了严密的防护措施，戴口罩，喷酒精消毒，勤洗手，保持距离，仇晓梅还是被感染了。

那天中午，来了两个外地客人，仇晓梅给他们端菜过去，看到其中一个客人在不停地咳嗽，咳得上气不接下气，那张脸憋得通红。仇晓梅很紧张，很害怕，不由得放慢了脚步，等客人不咳了，才把菜端上去，匆匆忙忙地放在桌上，然后憋着气，脚步匆匆地离开了。让仇晓梅没有想到的是，就这么一下，她被传染了。

等客人走后，仇晓梅心里七上八下，极为忐忑不安，她在心里不停地祈祷，希望那个客人只是普通感冒，不是传闻中的新冠！她天真地以为，即使那个客人是新冠，她也很注意了，跟他保持距离了，没有直接接触，应该没什么问题。

然而，老天没有怜悯她，病毒没有放过她，事实跟她的祈祷背道而驰，她不是幸运儿。值得庆幸的是，仇晓梅警惕心极强，意识到不对，跟仇拾刻意保持距离，没有直接接触，她家都没有回。客人吃完饭离开后，仇晓梅给林婉儿打了个电话，告诉她，自己在饭店可能跟新冠患者亲密接触了，要她帮忙照顾一下仇拾，接他到她们家过年，如果确认自己没事了，她就过去接他回来。

林婉儿是520女生宿舍唯一的一个长沙本地人，是郊区的，她家离学校最近，只有不到一小时车程。听仇晓梅那么说，林婉儿当即叫上表哥，开着车，到学校把仇拾接到了她们家。仇拾起初不愿意走，说要在家里等妈妈。林婉儿好说歹说都没成，她不得不给仇晓梅拨通了视频电话，然后把电话给了仇拾。仇晓梅骗仇拾说，自己去外地看一个朋友了，要一段时间后才能回来，她嘱咐仇拾去林姨家过年。年后，她去林姨家接他回来。仇拾没有办法，心不甘情不愿地上了车。

那天晚上没事，睡得也香。正当仇晓梅暗自庆幸的时候，第二天清早醒来，她感到头痛，也开始了轻微咳嗽。仇晓梅心惊胆战地摸了一下额头，有轻微发烧。接着，不好的消息传来，老板娘和老板前天晚上发烧了，咳得厉害，被送往方舱医院，隔离了起来，并且确诊了。

那一刻，仇晓梅感觉天塌了，她知道自己也在劫难逃了，幸好有先见之明，让林婉儿把仇拾接走了，他们没有接触。上午，仇晓梅没有去饭店，没有去医院，就在家里躺着——据说饭店也被拉上警戒线了。下午，仇晓梅咳得越来越厉害，身体越来越烫，全身无力，她用体温计量了量，已经烧到三十八点五摄氏度了，仇晓梅终于意识到自己没那么幸运，她被感染了，她心里充满了恐惧，不知道将来什么样。

下午四点，烧得口干舌燥、神志不清的仇晓梅拨打了急救电话，把自己的情况简单说了一下。下午五点，一辆急救车呼啸而来，停在教师宿舍楼前。车门打开，从车上下来三个被防护服包裹得严严实实的医护工作者，把仇晓梅接走了。其实，医院已经注意到了，他们筛查老板娘和老板的亲密接触者，仇晓梅赫然在列。很快，仇晓梅被确诊了，住进了方舱医院。

方舱医院里，有的病情轻，有的病情重，有的人出院了，有的人住进来了，也有的人不幸离世了。仇晓梅希望自己在医院住一段时间，治好了，康复了，就出去，把仇拾接回来。可事实出乎意料，仇晓梅的病情发展得很快，到第四天，高烧突破了四十摄氏度，被送进了ICU，戴上了吸氧机。仇晓梅时而清醒，时而昏迷，她咳得越来越厉害，甚至喘不过气来，浓痰里出现了血，那血呈块状、鲜红、黏稠，让人触目惊心。

曾枭跟仇晓梅通电话，发现情况不对，急急忙忙从家里赶了过来，年都没有在家过。虽然通话的时候，仇晓梅刻意掩饰了自己的病情，曾枭还是意识到仇晓梅被感染了，接着，他又从林婉儿那儿得到了印证。曾枭希望在仇晓梅最困难的时候跟她站在一起，照顾她，安慰她，给她力量和勇气。可是没用，仇晓梅被隔离了，他们根本不能相见，只能通过微信视频沟通，在长沙跟他在家没什么两样，只是物理距离近些，心理上有些安慰。

那段时间，全国到处都是关于新冠的报道和传闻，医院里、电视里、报纸上、网络上，每天都有噩耗传来，人与人开始疏远和隔阂，就像对方就是一个新冠病毒一样。满天飞的负面消息严重地影响了仇晓梅，让她心神不宁、情绪焦躁、提心吊胆。

曾枭鼓励仇晓梅，给她打气，要她勇敢点、坚强点，不要胡思乱想。

"晓梅，好好配合医生治疗，你出院的时候，我带着拾拾来接你！"曾枭说。

"但愿我能撑到那一天！"高烧退去，神志清醒了，仇晓梅跟曾枭视频通话，心有戚戚焉，"枭，你说，我会不会像其他严重患者那样，撑不下去？"

"怎么会呢，晓梅，你不要多想了，拾拾和我都在等着你呢，拾拾需要你，你要陪着他健康成长！我们还有很多事要做呢，毕业，找工作，成家立业，看着拾拾长大，送他读书!"曾枭说。

"那是的，枭，生活是多么美好！我以前吃够了苦，现在看到了美好生活正向我们走来。"仇晓梅说，"但生活又是残酷的，最坏的情况，我们不得不考虑。枭，我自己倒没什么牵挂的，我家里除了我已经没有其他人了，我最放心不下的就是你和拾拾了，万一我有什么事，你要照顾好你自己，也帮我照顾好他，不要让他又被遗弃了！"

"放心吧，晓梅，拾拾现在好着呢，在林婉儿家吃香喝辣，生活学习两不误。"曾枭说，"他最盼望的就是你了，天天问林婉儿，你什么时候回去。你知道，拾拾跟你最亲了，没有人可以取代你！其他人照顾他一天两天可以，时间长了，他就不乐意了，只有你才能天长地久地照顾他，他希望天天看到你，跟你在一起！晓梅，你安心养病，争取早点康复出院！"

"枭，我已经很努力了，就是效果不明显，主治医生都干着急！"仇晓梅说，"那天，我发现不对劲，就没有回家了，所以，拾拾是安全的！既然现在你到长沙来了，到学校来了，你就帮我把拾拾接回来，你照顾他吧！因为你是我男朋友，说实话，把拾拾交给别人，我不放心，那孩子第一认我，第二认你！何况林婉儿家里不只有她一个人，她还有爷爷奶奶父亲母亲以及其他亲戚，给人添麻烦，也不方便！我住院期间，你帮我带着他，等着我出院！"

"好的，晓梅，我听你的，我明天就把拾拾接回来，我照顾他，直到你出院！你好好养病，等你出院了，我们带着拾拾，一起去我家过年，过一个热热闹闹的大年！"曾枭说。

"那真是一件令人期待的事情，我已经有三个年没有热热闹闹地过了！还有六七天就要过年了，我的病哪有那么快就好转的！"仇晓梅说，"对不起了，枭，过年你可能也回不去了，是我把你跟家人的团聚耽误了！跟拾拾在一起，你不要惯着他，要培养他自己动手、自己的活自己干的能力，让他自己洗衣服、做饭菜、打扫卫生！你适当地关照他，他做不了的事情，你做就行了；那些他能做的小事，就让他自己动手吧，这对他以后成长有好处！"

曾枭想去探望仇晓梅，可方舱医院不让去，他不知道仇晓梅的病情到底咋样了，听她说话口气，不容乐观，就像在安排后事，让人极度不适。可曾枭没有办法，这个病，来也汹汹，去也汹汹，让人束手无策，全凭运气，确实每天都有患者挺不过去，不幸去世，包括正当年华、身强力壮的年轻人。

"晓梅，你要乐观、坚强，安心养病，别胡思乱想！"曾枭说，"我和拾拾等你出院。过完年，毕业了，参加工作了，我们把婚结了，带着拾拾一起生活，一起打拼！我相信我们一家三口会相亲相爱，日子会慢慢地好起来的！"

"枭，那么急呀，明年我才二十三岁呢，不想那么快结婚，我原来想着三十二岁才结婚呢！"仇晓梅脸红了，又咳了起来，"不过，我们女生盼望做新娘，我希望那天早点到来，我一个人照顾拾拾确实有点儿辛苦，也照顾不到位，我很想你跟我一起照顾他！对了，你考研的事情怎样了？"

"总体感觉还是不错的，尤其是公共科，就是专业科目没有把握！"曾枭说。

"不至于吧，枭，专业科目不是你的强项吗？你的专业课排名不是一直都在班上数一数二，在年级都名列前茅吗？"仇晓梅感到奇怪，不解地问。

"晓梅，我忘了告诉你，我没有报本专业，我改专业了！"曾枭说。

"啊！那你改成什么专业了？"仇晓梅问。

"我报考医学专业了，报的是中南大学湘雅医学院的内科专业!"曾枭说。

"从电气到医学，这个跨度有点大，难度有点大！你为什么临时改专业了呢?"仇晓梅惊讶地问，"你不是一直想做一名电气工程师吗?"

"晓梅，原谅我没有及时告诉你，我怕你不同意。咱们的拾拾不是有病吗？上次虽然动了手术，不是还没有彻底根治吗？上次他发病，我是干着急，什么忙都帮不上，连凑个钱都是最少的，陆贵都给他凑了两万多块钱。可我跟拾拾的关系，可以说是除你之外最亲的了，这一年多来，我心里一直过意不去。从上次拾拾发病住院那刻起，我就在心里发誓，要改行学医，给他治病，为他健康成长保驾护航！医生说拾拾不是几年后还要做一次手术吗？我希望那个时刻我已经学有所成，由我来给拾拾亲自主刀，我要照顾他一生，呵护他一生——这也是为解除你的后顾之忧！所以，我报考了医学专业的研究生!"

"真是难为你了，我们谢谢你，枭!"仇晓梅很感动，眼睛里泪花闪烁，"拾拾能碰到我，是他的幸运；我能碰到你，是我们母子的幸运!"

"我也是的，晓梅，碰到你，碰到你们，是我一生的幸运！"曾枭说，"你们520女生宿舍的女生、我们1314男生宿舍的男生都一致认为，你是我们心中的精神明灯，能够碰到你，是我们的幸运，你用你的善良、你的责任、你的宽容、你的爱心，深深地感染了我们每个人，影响了我们每个人！虽然我们不能向你看齐，但在你的感召下，我们成为了善良的人、进取的人、有责任心的人！俗话说，近朱者赤，近墨者黑，我们很幸运大学四年碰到了你，跟你成了朋友——我还跟你谈恋爱了，成为男女朋友了！等你病好了，等我们毕业了，我们就结婚！"

"嗯，好，听你的！"仇晓梅幸福地说，"我原先还想把拾拾带大后，三十多岁了才结婚，没想到我要早婚了！我可能是我们班，我们宿舍第一个走进婚姻殿堂的女生！"

"难道你不愿意吗？"曾枭问。

"愿意，只是我没想到我带着个拖油瓶，还有人不嫌弃；只是我没想到会这么快，以前我以为带着拾拾，没有男生愿意娶我！"仇晓梅说，"枭，感谢你接受了我，更感谢你能够接受拾拾！"

视频里，仇晓梅脸上绯红，就像火烧云，不知道是因为羞涩，还是因为发烧。接下来，仇晓梅又开始了剧烈咳嗽，咳得喘不过气。

"好了，晓梅，我们今天不说了，你省点儿力气，安心养病！"曾枭说。

"枭，你等我咳完！现在不多说两句，我怕以后没机会说了。"仇晓梅半开玩笑半认真地说。她自己的病，她自己清楚，这个病的破坏力，她也清楚，在医院里，在电视上，在网络中，天天都看到生离死别的悲剧上演。

在这个美丽的世界，忌妒心最重的就是病魔了，总是破坏和毁灭美好的东西。病魔破坏和毁灭的，不只是健康，还有感情，还有幸福，还有希望。有时候，它的破坏力，人们可以遏制；有时候，它的破坏力，人们不可以遏制，一点办法都没有，只能眼睁睁地看着它把美好带走，甚至把生命毁灭。

那个年，仇晓梅是在医院里过的。过年那天，跟曾枭和仇拾在微信视频上通话，一切都还好好的，甚至仇晓梅自己都觉得比以前好多了，她开始憧憬出院，初四那天凌晨，仇晓梅的病情急转直下，高烧、咳嗽，甚至大口吐血。

仇晓梅咳得喘不过气来，脸憋得通红，腰都咳弯了；她高烧不退，甚至一度陷入了昏迷。

"枭，我可能没有多少日子了。"在微信视频中，暂时不咳的仇晓梅有气无力地说。

"晓梅，别多想了，你会很快好起来的。"曾枭说。为了让仇晓梅振作起来，曾枭把手机递给了仇拾。

"妈，你要快点好起来，我不能没有你！没有你，我怎么活呀？"仇拾哭着说，他哭得撕心裂肺。

"傻孩子，妈妈不是好好的吗？你是个男子汉了，不哭了！爱哭的孩子将来娶不到媳妇！没有我，你还有很多叔叔阿姨，他们会照顾你的，你也会慢慢长大的！"仇晓梅说。她示意仇拾把手机给曾枭。

"枭，我会努力的，可是有些事，即使你努力了，可能都没有用。"仇晓梅沮丧地说，"我现在有一件事情放不下，也有一个遗憾想弥补。"

"晓梅，你是我女朋友，我是你男朋友，你不要把我当外人，有什么事，你就直接吩咐吧。"曾枭说。

"万一有那么一天，我最放心不下的就是拾拾了；最遗憾的就是等不到跟你结婚那一天！我们女生都认为做新娘那天是我们最美丽的时候，我不知道自己是不是！"仇晓梅说。

"晓梅，拾拾我会照顾他的，这个你放心。我也想看看你是不是最美丽的新娘！要不，我们把婚礼提前，我们明天就结婚吧！"曾枭说。

曾枭已经跟仇晓梅的主治医生在电话里聊过了，仇晓梅的情况确实不容乐观，她可能真撑不了多久了，现在药物好像对她没有作用。

"枭，你不要安慰我了，我是说着玩的，你不要为难你自己，我都出不了院，这个病传染性那么强，我们怎么结婚呢？"仇晓梅说。

"晓梅，很多地方都隔离了，不允许举办大型活动，现在流行在线上举行大活动，我们为什么不试试在线上举行婚礼呢，我们把亲朋好友都请到线上，为我们见证这个神圣时刻，为我们的婚礼祝福，尤其是你们520女生宿舍的女生和我们1314男生宿舍的男生！"曾枭说。

"这倒是个好主意，让人心驰神往，不知道医院里同不同意？"仇晓梅说。

"我已经问过你们医院了，医院领导说没问题，正好给病友们办一场喜事，冲冲晦气！"曾枭说。

"那这件事只能把希望寄托给你了，我是什么忙都帮不上！"仇晓梅说。

"你很关键，是这件事情里面最重要的人，你扮演好你的角色，做好你的新娘就行了！"曾枭说。

他们很快就把婚期定了下来，初六十三点十四分开始。因为是线上婚礼，琐事不多，准备起来，相对简单、方便、快捷。

医院那边，主治医生最积极，很赞同，因为他心里清楚，看样子，仇晓梅是大概率撑不过元宵节了，能了却病人一桩心事，也是一大善事；有时候，治病，光靠药物还不行，还得从心理医治做起。

当然，主治医生只管治病，其他事情他做不了主，他把仇晓梅的情况告诉了院长，院长同意在方舱医院给仇晓梅和曾枭举行线上婚礼，他们派出医院里最好的网络技术员来协助他们完成这个线上婚礼，医院里的医生、护士和病人成了仇晓梅的亲友团，给她见证。

那个病，对有些人，没有有效的治疗方案，要靠自己的身体、意志和毅力。给仇晓梅举行线上婚礼是鼓励仇晓梅自己和其他病友跟病毒作斗争的有效方式，院方安排工作人员做了精心准备，他们把仇晓梅的小病房布置成了新房和直播间。

婚礼是仿古的，跟古装片电影中的婚礼一模一样。

初六十三时十四分，曾枭和仇晓梅的婚礼在线上如期举行。方舱医院的医生、护士、病友，520女生宿舍的女生，1314男生宿舍的男生，华老师夫妇、部分老师，甚至大学的校长、书记，在线上欢聚一堂，作为亲友，为两个有情人的线上婚礼进行了见证。

仇晓梅穿着大红锦袍，头戴凤冠，身披霞帔，显得美丽、端庄、大方、华贵。

曾枭穿着绣有麒麟的状元服，胸前戴着大红花，脚穿皂靴。

线上婚礼隆重热闹，按照传统古老的婚礼习俗，有条不紊地进行，跟电影中演的差不多。

两个年轻人在司仪提醒下，一拜天地，二拜爹娘，三是夫妻对拜，然后被送进洞房。

仇晓梅没有爹娘，在线上以卡通动漫代替了，卡通动漫模拟跟真人一样。曾枭的爹娘健在，他们是小城市一对开明豁达的中学老师。这是仇晓梅跟曾枭父母第一次见面，仇晓梅的事迹，曾枭跟他们讲过了，他们对仇晓梅很认可，就像老相识了，一切是那样熟悉、自然，没有违和感。

初六晚上十二点，家家户户都还沉浸在过年的兴奋中，或睡或玩。忙碌劳累了一天，曾枭和仇拾睡着了；医院里仇晓梅的病情急转直下，虽然医生全力抢救了，还是没有从病魔手中把仇晓梅抢救过来，凌晨二时，仇晓梅永远地停止了呼吸和心跳。

曾枭和仇拾连仇晓梅最后一面都没见到，根据当时规定，仇晓梅的尸体被直接送到了火葬场，在第一时间被火化。

初七那天下午，下着小雨，夹着小雪，冰冷刺骨，冷得世界没有声音。

曾枭和仇拾收到了火葬场送过来的骨灰盒。

两个男人把仇晓梅的骨灰盒在家里放了一夜。他们把骨灰盒搁在桌上，点了三根蜡烛，三根香，烧了很多冥币，象征性地给仇晓梅守了一夜灵，然后，初八那天上午，把仇晓梅葬了。

那天晚上，两个男人哭了整整一夜，仇拾是大声地哭，哭得撕心裂肺、肝肠寸断、死去活来。曾枭是无声地哭，汩汩滔滔的泪水滑过他的脸庞，吧嗒吧嗒地滴落在地上。

曾枭和仇拾葬完仇晓梅回来，主治医生给曾枭发来一个文件夹，里面全是仇晓梅给曾枭和仇拾录的心里话，有诗歌和散文朗诵，有唱歌，有内心独白。

在文件结束语中，仇晓梅动情地说："枭，能成为你的妻子，我很幸福；跟你举行婚礼，既是我的夙愿，也藏着我的私心，我怕我离开后，拾拾又成了没爹没妈的孩子，我们把婚结了，不管扯没扯证，拾拾以后都要名正言顺地叫你爹了，你也有义务替我照顾他一段时间，送他一程了，如果你累，把他养大一点，让他自己能够照顾自己就行了。我走了，你们不要太伤心，继续你们的梦想和生活，我在天国看着你们，保佑你们！"

因为疫情，那个学期开学时间一延再延，后来甚至不用到学校来了，在线上授课、听课、考试。在突然失去仇晓梅的相当长的一段时间里，曾枭和仇拾一遍又一遍地打开那个文件夹，从头到尾，一遍又一遍地听着、体会着，感觉仇晓梅就在他们身边，跟他们在一起，并没有走远。

听着听着，两个男人搂在一起，伤心地哭了。大男人是无声地哭，小男人是大声地哭。哭完了，生活还要继续，他们开始忙碌，买菜、洗衣、做饭、打扫卫生，读书识字，做作业，跑步打球，锻炼身体。

是的，这个世界缺了谁，地球照样转动。仇晓梅不在了，他们的生活还要继续，尽量向好的方向前行。仇晓梅嘱咐过，他们要互相照顾、互相体谅，跟她在的时候一样，甚至要比她在的时候更好！

在仇晓梅去世后的相当长一段时间，两个男人脸上看不到笑容，直到春暖花开，考研分数出来。曾枭以所报专业第三名的成绩被中南大学湘雅医学院录取，成功上岸。这个好消息，让他们脸上现出了难得一见的笑容。

"拾拾，下半年，我们要搬家了，去另一个地方生活！"曾枭说。

"是另一个新城市吗？"仇拾问。

"还是这个城市，是另一所大学！"曾枭说，"那儿有很好的医生，他们会跟爸爸一起，守护你健康成长！"

清明节那天，拿着录取通知书，曾枭带着仇拾去给仇晓梅上坟扫墓。

那天刮着小风，飘着细雨，很有"清明时节雨纷纷，路上行人欲断魂"的味道。斜风细雨中，一大一小两个男人，站在仇晓梅墓前，凝视着仇晓梅墓碑上的相片，久久不愿离开。他们把伞收了起来，任凭清明的细雨把他们淋湿淋透，他们的脸上不知道流的是泪水还是雨水。

曾枭给仇晓梅认真地念了一遍录取通知书上的内容，仇晓梅好像听到了，欣慰的笑声借着风雨传送过来。那张嵌在墓碑上的相片上，年轻漂亮的仇晓梅笑意盎然地看着他们，栩栩如生，满意至极，仿佛她从来没有离开过。

　　风停雨住，准备走的时候，他们意外碰到了林婉儿。林婉儿受520女生宿舍委托，也是来给仇晓梅上坟扫墓的。

　　"这么巧啊，看来这是冥冥中的天意！"林婉儿说，"你们俩等等我，我给晓梅姐上炷香，唠会儿嗑，然后一起走！"

　　曾枭和仇拾停下来，站在一边，陪着林婉儿给仇晓梅上香。

　　上完香，林婉儿陪着仇晓梅唠叨了一会儿，把520女生宿舍姐妹们的去向和近况、大家的思念，一五一十、原原本本、详详细细地对仇晓梅讲了一遍。

　　当他们从墓地返回的时候，仇拾走在中间，林婉儿走在右边，曾枭走在左边，他们下意识地牵起了仇拾的手。

　　从后面看，这个场景很熟，这个画面很熟，跟当初仇晓梅和曾枭一左一右牵着仇拾的手，走在校园里，走在长沙的大街小巷和公园里没什么两样。

　　"阿枭，晓梅姐在天上看着我们呢，她希望我们这样走下去!"林婉儿低声地说。林婉儿的声音很低,她弄不清曾枭有没有听到,但她知道仇拾听到了,因为在她说完后,仇拾握着她的手的力量突然加重了。

第十二章

那年毕业，没有狂欢，没有盛大庆祝仪式。毕业生被现实困惑，被悲伤笼罩，被恐惧包抄。疫情阴霾聚在头顶，久久不散，让人看不到明天的光芒，感受不到生活的热度。

相对往年，就业形势比任何时候更加严峻，相当一部分人一毕业就失业。往年毕业，意味着专业对口的岗位，意味着相当可观的工薪，意味着灿烂锦绣的前程。但那年毕业，很多单位都不招人了，很多大学生都卷铺盖回家，暂时成为啃老一族。

毕业后去哪儿，这个问题困惑着陆贵，让他内心恐慌，寝食难安。父亲年纪大了，木匠活没市场了，不得不赋闲在家，酗酒度日，脾气越来越差，身体一日不如一日；母亲在外面摆地摊，卖些水果，因为疫情，入不敷出，全家都把希望放在他身上呢。陆贵想啃老，都没地方下口。窘迫的现实，渺茫的前途，让陆贵在女朋友肖小燕面前不自觉地矮了三分，抬不起头来，说话底气不足。

班上有一半同学考研，并且成功上岸了。工作难找，考研确实是一条好出路。但这条路不适合陆贵，他的公共科目和专业科目都不尽如人意，勉强及格，考研准没戏，他趁早死了这条心，名都没有报，试都没有试一下。有人嘲笑过，如果陆贵能考研，那班上人人都能考研了，一半以上上清华北大读研了。这是事实，他的成绩一直班上倒数。他知道，考场上靠实力，跟他在拳台上打比赛一样，不是靠运气，天上偶尔掉馅饼，但那个时候不会。

陆贵一心找想份工作，有碗饭吃，有个地方容身就好。至于发展，至于前程，以后再说。陆贵比较尴尬的是，虽然他是一个体育特招生，但他又不是出类拔萃、全国翘楚的那种，只是一个专业运动员而已，而不是众人瞩目的全国冠军，甚至省市冠军都轮不到他，勉强算是校冠军。看来，他是没办法发挥自己的特长，没办法吃专业饭了。

年前年后，很多单位冒着风险来学校招人，陆贵都跑去面试了，他是满怀希望而去，备受打击而归。越是疫情招人少，用人单位越是挑各方面都出类拔萃的尖子生。现实让陆贵越来越心慌，越来越没有自信，越来越没有底气。每次面试，陆贵就是递了份简历，窘迫地回答了几个问题，就没有下文了，没有哪家单位愿意给他提供复试机会，估计别人一看他简历，一看他是个体育生，就把他否决掉了。陆贵也试着打电话过去问结果，对方根本想不起他这个人——也可能是敷衍他。陆贵发现自己连份起码的养活自己的工作都找不到，他有了被社会抛弃的感觉，这是他作为体育生的悲哀和无奈。

难道真要像网络上流传的段子那样，我一毕业就要失业吗？难道我只能重操旧业，去打黑拳，用遍体鳞伤换取碎银半两？由于疫情，观众寥寥，黑拳市场行情下跌，出场费只有原来的三分之一。陆贵焦虑地想，如果实在没办法了，那就跟肖小燕分道扬镳，藏起毕业证和学位证，隐姓埋名，去广东工地搬砖，去北京街头送快递，去江浙给私企老板当保镖当司机——只要能养活自己，干什么都行。

俗话说，船到桥头自然直，车到山前必有路。就在陆贵觉得自己抑郁症都要有了的时候，柳暗花明的转机来了。那天中午去食堂吃饭，陆贵远远地看到食堂门边上的公告栏前围满了人，大家议论纷纷，群情激昂，像在热烈地议论着一件大喜事。陆贵被吸引了，也跑了过去，想一看究竟。从骨子里，陆贵就是一个爱热闹、喜欢新鲜事物的人。挤着挤着，陆贵站到了最前面，定睛一看，嘿，可把他高兴坏了，南部战区到学校招收空军飞行员来了。

那张招飞海报占据了公告栏的一大半。一位英姿飒爽的战斗机飞行员，驾驶着一架歼-20穿云破雾，在蓝天上展翅翱翔，所过之处，留下两道长长的喷雾。年轻的飞行员戴着头盔和墨镜，娴熟地操纵着驾驶杆，要多帅气有多帅气，要多自豪有多自豪！

陆贵立刻兴奋起来，就像打了吗啡，他感觉到了一种专属的召唤，就像那张海报是专门为他张贴的一样。陆贵很想上去把那张海报撕下来，就像古代揭皇榜一样。可是海报张贴在玻璃橱窗里，玻璃上了锁，只能远观，不可亵玩。

陆贵太想做一名战斗机飞行员了，尤其是歼-20飞行员，做梦都想。他是军事迷，尤其迷恋歼-20。那种肆意翱翔蓝天、搏击长空、保家卫国的感觉实在太飒了，太爽了，太让他心驰神往了！

陆贵有个同乡，大他一辈，就在空军，做战斗机试飞员。同乡是他们家乡的一个传奇，技术过硬，试飞过很多机种，闻名遐迩，备受尊崇，党和国家领导人都接见过。大二那年暑假，试飞员同乡衣锦荣归，回来省亲，陆贵闻讯前往拜访，两个人愉快地聊了一个下午，十分投机。告别时，同乡特地送了他一个歼-20飞机模型，可把他高兴坏了。三年来，陆贵一直把那个飞机模型带在身边，每天都要看几遍，就像看肖小燕的相片；每天都要把玩一阵，想象着有朝一日戴上头盔和墨镜，驾驶战机，翱翔蓝天，搏击长空——陆贵自己和室友都普遍以为他在做白日梦。

看来，真像网络流行语说的那样，梦想是要有的，万一实现了呢？在看到那张招飞海报之前，陆贵不知道成为战斗机飞行员的门往哪开、路往哪走，他也壮着胆给同乡打过电话，同乡告诉他，他只是试飞员，不负责招飞，爱莫能助。同乡安慰他说，成为战斗机飞行员，偶然性因素很大，是件可遇不可求的事情。没想到苍天有眼，让他"踏破铁鞋无觅处，得来全不费工夫"，南部战区招飞都找上门来啦，好像专门来招他陆贵似的，他们把招飞点设在学校的国际交流中心。

陆贵饭都不吃了，记下房号，撒腿就跑，百米冲刺一样，好像名额有限，跑慢了，他的战斗机飞行员名额被别人抢走了似的。顺着房号，找到招飞点，陆贵冒冒失失地推开了门。一张简易的长条办公桌后面，坐着三个穿着蔚蓝色空军制服的军官，他们正在埋头吃饭，他们点的是快餐。即使吃饭，他们都是衣着整洁，正襟危坐，目不斜视，不怒自威。

陆贵突然想起辛弃疾的一首词：天下英雄谁敌手？曹刘。生子当如孙仲谋！从推门进去那一刻，陆贵感觉找到了组织，他自信满满，半年来找工作郁积起来的颓废一扫而光了——他从小就喜欢军人，这是一种真正的男子汉气质。

看到三个前辈对着他笑，陆贵双脚并拢，敬了个标准军礼，不慌不忙地毛遂自荐起来："首长好！我来应聘招飞，我是体育特长生，身体特棒；我很喜欢这份事业，做梦都想驾驶歼-20，保家卫国！"

三个前辈互相看了一眼，会心地笑了，好像他们一直在等陆贵似的。三个前辈不约而同地放下碗，把筷子搁在碗上，跟陆贵交流了起来，他们天然熟，由于爱好，陆贵这方面知识储备很足，他们聊得十分投机，房间里气氛友好，笑声不断。

"有意思，我们边吃边聊！"其中一个前辈站起来，给陆贵端来一份盒饭，要他一起吃，他已经看出来了，这个小伙子没有吃饭就过来了。军人的天职就是服从命令，陆贵也不客气，端起盒饭，一边开心地吃饭，一边认真倾听和回答前辈们的问题。

那个普通平凡的盒饭真是香甜，陆贵就像回到了自己家，吃到了妈妈亲手给他做的饭菜，这是他大学四年来，吃得最难忘、最幸福的一顿饭了，在招飞点，陆贵是找到家了，他也要吃上这碗饭了。

饭吃完了，面试也结束了。从招飞点出来，走在校园里，陆贵感到脚下轻飘飘的，就像在太空漫步、在云端跳舞，他情不自禁地哼起了《我爱祖国的蓝天》；虽然陆贵五音不全，唱歌不好听，但他那天觉得他唱得不错，超常发挥，唱出了气势，唱出了特色，成功地吸引了一批师生侧目和驻足。

紧随其后的是一系列程序，复试、体检、政审，陆贵一路过关斩将，十分顺利。尽管自我感觉不错，陆贵还是没有百分之百把握，在结果出来之前，他的心一直悬着，睡不着，吃不香，也不敢告诉肖小燕。在煎熬中度过了五个工作日，第六天，招飞处通知他，他被录取了，可以来招飞处报到了。虽然有了心理准备，接到电话，陆贵还是高兴得跳了起来，他如愿以偿地成为了一名光荣的中国人民解放军空军飞行员。

报到后，领到制服，回到宿舍，陆贵三下五除二地扒下衣裤，换上那身空军制服。他在穿衣镜前从头到脚把自己仔仔细细地打量了一番，就像新娘出嫁前的最后一次自我检查，他发现自己麻雀变凤凰了，镜子里的他是那样英姿飒爽、自信满满、帅气逼人，比他们1314宿舍公认的成绩最好、长得最帅的曾枭都帅气多了！

大学四年，陆贵大部分时间都觉得憋屈，只有在球场上腾挪躲闪、过人上篮和抽射的小部分时光，他才是焦点，才让人瞩目，其他时间并不被人尊重，甚至夹着尾巴做人。他做梦都没想到，自己也有这么风光、这么高光、这么扬眉吐气的时候。

当然，陆贵的帅气不是给自己看的，他不是那种孤芳自赏的人，他要让所有人跟他一起分享他的高光时刻，一起众乐乐。穿戴整齐后，陆贵第一时间出了宿舍，他昂首挺胸，迈着自信的步伐在学校里转了一圈，所到之处，让人侧目而视、刮目相看。那目光让他满足，更让他得意：空军飞行员不是人人都能应聘得上的，不是你想当就能当的，毫不夸张地说，那是万里挑一，这所大学数千毕业生，能应聘上空军飞行员的，那是凤毛麟角。

在学校里转了一圈，陆贵一路小跑，来到了520女生宿舍。就连平时轻易不让男生进去的女生宿舍，穿上那身军装，陆贵都是畅通无阻，门卫没有拦他。陆贵要找肖小燕，他的女神，他要让她看到他的帅气，他要跟她分享他的高光时刻。

跟想象和期待的一样，看到穿着空军制服的陆贵，520女生宿舍的女生情不自禁地"哇"出声来，羡慕的目光先是落在陆贵身上，然后移到了肖小燕身上，那声音和目光就像她们邂逅了最喜欢的大明星易烊千玺。

确实，她们还没有见过这么帅、这么英气逼人的男生，从来没有，她们从来没有想过这所大学还有这么帅气阳光的男生！都说人靠衣装马靠鞍，女生们做梦都没想到，陆贵这个其貌不扬、她们司空见惯、在她们眼里一直都是"头脑简单，四肢发达"、被她们忽略无视的体育生还有这么光鲜的一面，这么高光的时刻！

惊讶过后，其他两个女生马上意识到陆贵不是来找她们的，而是来找肖小燕的，他们有悄悄话要说，这是他们的告别仪式，得让他们单独相处！贺怡给林婉儿使了个眼色，林婉儿心领神会，两个人看向肖小燕，挤眉弄眼了一会儿，然后出去了。

在一个宿舍处久了，她们都心灵相通，能够闻弦歌知雅意，想他人之所想，急他人之所急了，两个姐妹把时间和空间留给了她们的姐妹肖小燕和中国人民解放军空军新兵蛋子陆贵。

"阿贵，你今天真帅，帅呆了！"肖小燕由衷地说，"说实在的，我从来没有想过你会这么帅，你有这么光彩照人、灿烂夺目的高光时候，你给我长脸了！"

肖小燕看着陆贵，就像花痴，那双水汪汪的大眼睛里有清澈的泉水在泛波，在流动，在汹涌，在奔腾，在咆哮，就要挣脱堤坝束缚，决堤而出。

"小燕子，难道我平时不帅吗？"陆贵极不甘心地问，这是他们相恋三年多来，他第一次听到肖小燕当面说他帅，哪怕二十岁生日那天穿上肖小燕送给他的那件生日礼物——

一套黑色西服，肖小燕都没有说过他帅！

"阿贵，还真不是我打击你、灭你威风，说实在的，平时嘛，我还真没有发现你帅气过，只觉得你'四肢发达，头脑简单'，单纯，不骗人，心眼不坏；有力气，懂拳脚，能够保护我，我觉得自己是将就了！如果你要在我心目中一直保持这个帅气形象，让我一辈子对你有尊重敬佩，你最好一辈子都别把这身军装脱下来！"肖小燕打趣地说。

"小燕子，其他时间我可以不脱，但做新郎那天也不让我脱吗？"陆贵说，"有你这样伤男朋友自尊的吗？我们恋爱三年了，又不是今天才开始的，老实交代，以前你看上我哪点了？"

"以前哪点都没看上，现在哪点都看上了。阿贵，我觉得我是瞎猫撞了个死耗子，不小心蒙到潜力股了。阿贵，你只是个新兵蛋子，还没有建功立业，就想提前上船，做新郎了？"肖小燕不满地说，"这个待遇我不能给你！没有拿到军功章，你就不要回来见我——我不希望你是一个没有作为、没有出息的小兵！当兵要当将军，当不了将军，至少也得当兵王！结婚的时候，你也不能脱下这身军装，没有什么新郎服比这身军装更好看、更适合你！"

"小燕子，看来，你是看上这身军装，不是看上我这个人了！将来，你要嫁，也是嫁给这身军装，不是嫁给我了！"陆贵不满地说。

"阿贵，这身军装确实给你加分了，大大地提升了你在我心目中的形象！这是不折不扣的事实。在你穿上这身军装之前，也许我们的感情随着我们毕业会出现变数，因为将来谁都说不准，但看到你穿上这身军装，我下定决心，今生非你不嫁。你不要想偏了，我刚才逗你玩呢！"肖小燕说，"你穿不穿这身军装，都是我的白马王子！只不过没有这身军装，我给你打及格分；穿上这身军装，我给你打九十分！如果你要我给你打满分，还得看你在部队中的表现！你好好干，争取早点建功立业，你的军功章里有我的一半！"

"是！是！！是！！！一切照首长指示办！"陆贵双脚并拢，向肖小燕敬了个标准的军礼，"陆贵坚决完成任务！"

"我说阿贵，你不是来向我单纯地炫耀军装的吧？你说吧，今天来，是不是动机不纯？要我给你准备什么礼物？"肖小燕说。

"什么礼物都不如你！你就是我最好的礼物！"陆贵说，"不瞒你说，小燕子，跟你谈了三年恋爱，都是柏拉图式的，想起来都不划算，我最多牵过你的手，还没亲过你的嘴呢！这让我憋得难受，难受了三年！我做梦都想，我不想把这个遗憾带到部队去！你让我在枯燥无味的部队生活中有点回味，留个念想——我想亲你一下！"

"阿贵，你还真是名副其实的'头脑简单，四肢发达'，大傻瓜，她们俩都出去了，一时半刻回不来！"肖小燕瞥了陆贵一眼，不满地说。

得到肖小燕暗示，陆贵大喜过望，他一把抓起肖小燕的手，顺势一拉，肖小燕猝不及防，一头扎进了陆贵怀里。

没等肖小燕反应过来，陆贵双手捧起肖小燕的脸，低下头，对着那鲜艳欲滴的、微微翕张的、像花朵开放一样的红唇，重重地压了上去。

就像吃麻辣汤，在烈日炎炎的长沙吃麻辣烫，那种感觉火辣辣的、热乎乎的、麻酥酥的！

这就是他们的初吻，这就是初吻的味道。

因为没有经验，不得要领，很多人的初吻就像蜻蜓点水，浅尝辄止，甚至进展曲折。很多人的初吻，都是男方偷偷摸摸、出其不意地进行，甚至把女方惹怒了，挨了女方的耳光或谩骂。

陆贵和肖小燕的初吻，却很热烈，持久，深入，两个人你情我愿，同频共振。他们吻得热血沸腾，口干舌燥，喘不过气来。

在荷尔蒙作用下，陆贵用身体把肖小燕一步步挤向床边，准备进一步动作的时候，肖小燕狠狠地咬了陆贵一口，伸手把他推开了。

陆贵的下嘴唇破了，血流了出来，弥漫了口腔，咸咸的，却感觉不到痛。

"小燕子，怎么啦？好好的，咋咬我呢？"陆贵满脸疑惑和不甘，"贺怡和林婉儿不在，她们一时半刻回不来呢！"

"那也不行！阿贵，我得警告你，你都还没上战场，就犯纪律了！"肖小燕说，"是个军人，就得学会控制情绪，克制冲动，明白什么时候做什么事情！我们现在还不是时候，你就想越界了？这是军人最大的禁忌。阿贵，这样吧，今年底，你衣锦荣归，到我们家来过年，让我父母看看，我得让他们给我把把关。没办法，我是独生子女，我得让我父母对你满意！"

"我早就想去你家了，小燕子，年底的时候，我以什么身份去你家啊？"陆贵问。

"我父亲也是军人出身，打过越南自卫反击战，说不定你们有很多共同语言。你来我家，当然不是军人慰问，也不是我男朋友，不是大学同学！"肖小燕说。

"那我是什么？"陆贵慌了，言话中透着失望，并把失望写在了脸上。

难道他当兵去了，她要变心了？

"那个时候是上门女婿呀，大傻瓜！"肖小燕压低了声音，"今年春节，我们结婚吧！结了婚，你想干啥就干啥，我也希望早点成为军嫂，名正言顺地跟你在一起，让你安下心来，保家卫国！"

肖小燕的声音很轻很柔，就像夏天一阵微风吹过原野，不动声色，不着痕迹，却还是被陆贵捕捉到了，他转忧为喜，笑逐颜开了。

"小燕子，我是巴不得啊！你可要想清楚了，跟军人结婚可苦了，大部分时间要独守空房，要耐得住寂寞，要独自带娃，独自孝敬父母，独自负担家庭。这个家庭，不只是我们的小家，有时候甚至是你家我家我们家，三个家庭一肩挑！你也从新闻里看到了，当前国际形势很紧张，做军嫂要有随时失去我的心理准备，并且承担这个后果！"陆贵说。

"谁说我没有呢！阿贵，你不要吓我，最后那种概率很小，毕竟人类爱好和平！我相信，有了我，有了孩子，将来无论你碰到什么困难，我们都是你努力转危为安的理由和动力，你要想尽一切办法活下来！其实，看到你穿上这身军装，我就什么都想了！阿贵，你安心去当兵，我也做好了当一个好军嫂的心理准备。不瞒你说，我们恋爱三年，我都没有激动过；今天看到你穿上这身军装，我很激动，觉得你很优秀，觉得自己找对人了，我为你感到骄傲、感到自豪！可惜我们的媒人晓梅姐不在了，没有看到这一天！"肖小燕说。

"谢谢小燕子了，晓梅姐是个一心想着我们好的人，她希望我们有今天！"陆贵说，"要对得起那些祝福我们、希望我们幸福的人，你就多来军营探探亲、看看我！我们军中那批兄弟姐妹都会喜欢你的，你也可以牵线搭桥，把你闺密介绍给我军中的兄弟们！"

"这个有点远了，我可不敢！你们空军是百里挑一，当上空军了，就变得百里挑一，高人一等，可挑剔了！我怕我们姐妹入不了你们空军兄弟的法眼！"肖小燕说。

"这个事，得看缘分，咱们以后再说！过年了，上你家，我肯定不是一个人来，还有我的空军亲友团，他们做伴郎，你把闺密叫过来做伴娘——尽量叫那些长得漂亮，性格温柔，有家国情怀，愿意奉献的！"陆贵说，"到时候就看伴郎和伴娘有没有眼缘了！"

"这个倒是可以，我们牵线搭桥，让他们自己选择和发展，能不能对上眼，有没有缘分，就看他们自己把握了！"肖小燕说。

"小燕子，眼看就要大学毕业了，你的工作有着落了没，准备怎么办？"陆贵问。

"湖南交投集团给了我offer呢！本来我想去，准备跟你一起留在长沙打拼。"肖小燕说，"现在你当兵去了，我一个人留在长沙也没什么意思，我有新想法了。你去当兵，我也没有后顾之忧了，准备甩开膀子大干一场。我准备回去跟我父亲一起创业！我们老家后面有两座山，山之间有一个水库。这些年，年轻人都出去了，留下来的是老幼病残，自然资源都没有利用好，山荒了，水库废了，怪可惜的，我要变废为宝，把山和水库承包下来，发展种植业和养殖业，让山变成金山银山，让那个水库成为我们那儿的查干湖！"

"看不出来小燕子有鸿鹄之志呀，你这个想法不错！我母亲有点迷信，拿你的生辰八字算过命，说你会大富大贵，一生平安！看来，将来我要吃软饭，傍款姐了！小燕子，我只是一个穷当兵的，一个月只有几千块钱，将来你挣大钱了，不会嫌弃我吧？"陆贵说。

"阿贵，我们不是分工好了吗？你负责练兵打仗，保家卫国，我负责貌美如花、挣钱养家。这三五年，我努力挣钱，完成原始积累，为建设美好家庭奠定基础，我不能让一个军人分神，操心养家糊口。等钱攒得差不多了，我就到军营来找你，给你生养军二代，不走了！"肖小燕说。

"这个人生规划好！"陆贵说，"但我不希望你太辛苦了，钱不在多，够用就行，我倒是真心希望你用心培养军二代，这个国家时刻都得有人保护，得让我们的革命事业薪火相传，后继有人！"

陆贵又情不自禁地把肖小燕搂在怀里，附在她耳边，温柔地说："小燕子，我不希望我们两地分居太久了，毕竟我们年轻，分居太久了身体会出问题，甚至感情也会出问题！"

"不会太久，阿贵，就三年吧！"肖小燕说，"三年后，荒山变青山了，鱼儿大了、肥了，都可以顺其自然，放手不管了。那时候，我们也正当壮年，是用心经营家庭、培养军二代的最好时候！"

"好，小燕子，你持家，我卫国，我们的小家庭按照你的设计蓝图砥砺前行，我做好我的分内事，你做好你的分内事，我们携手并肩，昂首阔步向前走！"陆贵说。

"阿贵，你放心去当你的兵，争取早日建功立业；我不会拖你后腿的，勤俭持家、实现富裕的事，我包了！"肖小燕说。

"那好，咱们拉个钩，就像拾拾那样，跟他约定的事，都得拉个钩！"陆贵说。

"好——"肖小燕应道。

两个人伸出小指头，弯成钩状，拉在一起，看着对方，异口同声地说："拉钩上吊，一百年，不许变！"

大学毕业，既决定人生和命运的走向，也是变数最大、最不可预测的时候，通常是计划不如变化快，除了肖小燕和陆贵，贺怡和方明也没有按照父辈给他们设定的人生轨道前行。

毕业前夕，方向犹豫再三，还是给贺怡发出了诚挚邀请，希望她来自己的企业，做自己的秘书兼董事长助理。

这个职位，工作轻闲，报酬丰厚，炙手可热。但方向让其空缺了很久，他宁愿自己苦点、累点。方向面试过很多人，都觉得太世俗、太功利，不合适——在他心中，这个岗位最合适的人选只有一个，那就是贺怡。

当然，这次邀请贺怡来做他的秘书和董事长助理，跟三年前不可同日而语。他已经知道贺怡在跟儿子方明谈恋爱了，这是他向贺怡求爱失败后最乐见其成的结果了，他觉得这是一个比他自己追求到贺怡还要好的结果。

这次邀请贺怡加盟，方向产生了强烈的交接班念头，他觉得自己赶上好时代，已经忙碌了二十多年了，从当初的青年小伙熬到了满头白发，已经够辛苦够累了，需要休息一下了，体检时医生已经叮嘱过他几回了。更重要的是，他觉得经营环境变了，那种吃吃喝喝、送礼拿单的时代过去了，企业发展遇到了瓶颈，靠他的思维和能力是没办法解决了；企业发展需要新鲜血液、需要全新理念，这些是方向不具备的，但贺怡有这方面的潜质。

当然，把企业交给别人，方向不乐意，毕竟这个企业是他半生心血，是他另一个儿子。可是儿子方明已经明确表示过，他对这个行业、对这个企业没有兴趣，甚至他不愿意回广州，认为那个地方商业气息太重、人情味儿不足。要是能够邀请到贺怡加盟，那就能让儿子回到广州，把他留在身边，甚至留在自己的企业里。届时，他们结婚成家了，儿媳妇贺怡辅助他经营管理企业，儿子辅助儿媳妇贺怡处理家务，归根结底，儿子和儿媳妇都是他的左膀右臂，都在为他的家族企业献计献策，出力做贡献。

再过三五年，等儿子儿媳成长成熟，熟悉企业和业务，能够独当一面了，他就退居二线，好好享受生活，到处游山玩水。方向希望开着车，一个人到全国各地，世界各地自驾游。他想到处走走，看看，爬千山，蹚万水，阅亿人——当然，更重要的是品尝全国乃至全世界美食。

这些年，方向一个人在商场摸爬滚打，脑袋里装的全是生意，每到一个地方，都是商务谈判，都是商场应酬，不是在谈判桌上，就是在饭桌上，甚至没出过酒店门，留下了太多遗憾，欠下了太多河山债，他希望退休后补上，能补多少算多少，能多补尽量多补。当然，他更希望在漫长而孤独的旅途中，邂逅一个跟他一起说走就走的伴侣——这个女的，知性干净，不知道他是一个亿万富翁，不在意他有没有钱，却能够陪他走到底！

理想是丰满的，现实是骨感的。看样子，方向还得继续经营管理自己的企业，不知道什么时候是个头了，跟他一样年纪的人，跟他差不多时段创业的人，身边已经带着年轻人了，那个年轻人不是他们的儿子，就是他们的女儿——当然，有的是他们的年轻漂亮的娇妻；也有的企业，上了年纪的已经退休了，年轻的已经接手了。

贺怡委婉地拒绝了方向邀请，毕业前两个月也把方向当年资助她的、借给她的八万块钱还了。这意味着儿子方明也不愿意进入他的企业，甚至不愿意回广州生活了，两个年轻人选择了去大西北，贺怡的家乡。

到什么山头唱什么歌，什么年纪有什么情感。对年轻人来说，爱情魅力远比金钱魅力大，他们有粪土当年万户侯的豪情。在他们看来，爱情错过了就错过了，不可能从头再来；而挣钱的机会俯拾皆是，随时都可以。人活着，最重要的是体验这个生命的过程，而不是被金钱和欲望奴役。

两个年轻人没有选择在西北大城市，如西安、兰州、乌鲁木齐安家落户，而是去了贺怡老家所在的小县城，一个比南方乡镇都小、都落后的小县城，他们一个进了县电力局，一个进了县交通局。两个人正当芳华，年轻气盛，充满了理想主义和革命乐观主义精神，他们希望用自己的专业和热血，为建设美丽大西北奉献智慧和力量。

他们也知道父亲的想法，方向在得知他们的毕业打算后，打电话来说要找他们好好谈谈。为避免节外生枝，两个人提前一天离校赴任了，他们毕业晚会都没有参加，就拎着行李，到了高铁站，过了安检，上了高铁。

刚坐下来，透过车窗，贺怡意外发现，对面站台上，从高铁上下来一个人，随着人群向出站口快步走去，那个背影很熟悉，像极了方向。

"阿明，你看看，那个人是不是你爸爸?"贺怡指着那个背影问。

循着贺怡手指的方向，方明看过去，没错，确实是他父亲方向。

"不是的，我父亲他忙着呢，你想多了!"方明淡淡地说，"那个背影只是跟我父亲有点儿相像，不可能真的是他!"

旅客已经上完了，车门悄无声息地关上了，高铁启动，缓缓地驶出了长沙南站，开始风驰电掣地奔跑起来。

"阿明，我觉得那个人就是你爸!"高铁驶出长沙后，贺怡不甘心地说，"不可能有那么相像的背影，我估计他到学校找我们去了，他说要挽留我们! 你不觉得我们应该跟他打个招呼吗? 哪怕对着他的背影大喊一声，跟他挥手告别也好!"

"小怡，你是对的，那个人确实是我爸!"方明说。

"那你刚才为什么不愿意认呢? 跟他就这样擦肩而过

了?"贺怡不高兴地说。

"他昨天给我打电话，说今天要来，嘱咐我们在学校等他，这是我要你跟我提前一天离校的原因。我怕他不是来给我们送行的，而是来做我们思想工作的，他太希望我们进我们家的企业了。我怕跟他认了，会意志不坚定，跟他回去，我们就不去大西北了——说我毅然决然去大西北，那是不靠谱的，不瞒你说，我心里一直很纠结!"方明说，"对我们来说，大西北毕竟是未知数，适不适合我们生存发展还不好说，可是回到他身边，他给我们铺好了路，我们可以坐享其成，至少少奋斗二三十年，这个诱惑还是蛮大的!"

"看不出啊，你是个骑墙派，意志不坚定，容易随风摇摆啊!"贺怡生气地说。

"小怡，不是你想象的这样! 是因为我爸对我太好，我们父子感情不错! 你看他的背影，明显有点佝偻了，他们那一代老了，身边需要人——我是他唯一的亲人了!"方明说，"我从小没有娘，是他既当爹又当妈，把我拉扯大。这两年，他老得快，精力大不如从前。我跟你走，对他打击很大! 我不仅背离了他为我设计的人生道路，我也抢走了他喜欢的女人。从我妈去世到现在，他还没有对谁动过真心呢!"

"阿明，这件事，你也知道呀！"贺怡说，"我还以为你被蒙在鼓里，那个秘密就我和你爸知道呢！没想到你们父子俩一个德行，长得像，性格也像，就连对异性的审美也一样！看来，你爸做梦都没想到是他辛苦拉扯大的儿子把他喜欢的姑娘抢走了，他喜欢的姑娘把他辛苦养育了二十多年的儿子拐跑了！"

"小怡，这既是生命传承，更是不可逆的天意！"方明说，"人类和文明都是一个道理，一方面要传承既往，一方面要开启进化、推陈出新。大学四年，有很多道理我没弄明白，这个道理我是领悟深刻，弄明白了。"

在中国出行，绝对是全世界最方便的，高速网、高铁网、航线四通八达，遍布全国，高铁时速高达令人瞠目结舌的三百五十公里。子弹头列车风驰电掣地奔跑在青山绿水之间，奔跑在长满了庄稼、蔬菜、瓜果的田野上，偶尔也钻进隧道里，让手机信号跟外界短暂失联几分钟。车窗外的风景看都看不清，列车就像一颗射出去的子弹，嗖的一下不见了踪影。

不到几分钟，长沙，那座美丽时尚、古老现代、底蕴深厚、文化丰富、可爱好玩，他们生活了四年的网红城市，那座留下了他们青春的芳踪和美好记忆的现代城市，已经消失在他们的视线中，看不见了，但他们经历过的大学生活，就像电影慢镜头一帧帧在他们脑海里浮现，从他们眼前闪过，就像高铁外的风景。

理工科毕业，一向没有文学细胞的贺怡，把头靠在方明肩上，突然灵感喷涌，情不自禁地作起诗来：

别了，大学

别了，长沙

别了，青春

时代，我们来了

时代，你是熔炉

你把我们熔化了

让我们粉身碎骨

并且九死不悔！

2024年10月2日新疆乌鲁木齐　初稿

2024年10月28日北京曾高飞文学艺术馆　二稿

2024年11月15日北京曾高飞文学艺术馆　三稿

图书在版编目（CIP）数据

前行的青春 / 曾高飞著. -- 北京：作家出版社，2025. 6（2025.7重印）-- ISBN 978-7-5212-3527-2

Ⅰ . I247. 5

中国国家版本馆CIP数据核字第2025LJ1014号

前行的青春

作　　者：曾高飞
封面题字：徐　飞
责任编辑：宋辰辰
装帧设计：小贾设计
出版发行：作家出版社有限公司
社　　址：北京农展馆南里10号　　　邮　　编：100125
电话传真：86-10-65067186（发行中心）
　　　　　86-10-65004079（总编室）
E-mail:zuojia@zuojia.net.cn
http://www.zuojiachubanshe.com
印　　刷：北京博海升彩色印刷有限公司
成品尺寸：142×210
字　　数：143千
印　　张：9.375
版　　次：2025年6月第1版
印　　次：2025年7月第2次印刷
ISBN　978-7-5212-3527-2
定　　价：52.00元